ユニコーンレターストーリー
北澤平祐

集英社

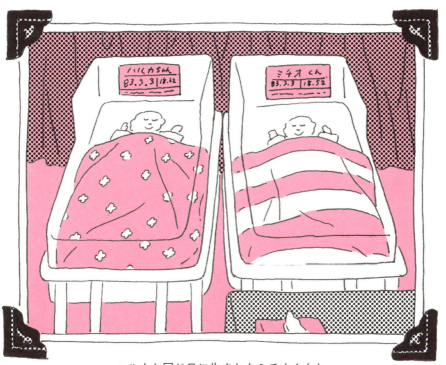

ハルカと同じ日に生まれたミチオくんと。

ミチオくんにぬいぐるみの
ユーニちゃんを紹介したよ。
いつもいっしょのお人形。

みんなで、ねこふんじゃったの演奏会。
ミチオくんの上達が早くてびっくり。

ミチオくんといっしょに、
おたんじょう会。
おだいりさまとおひなさまかな？

ドキドキの入園式、
ミチオくんがいっしょでよかったね。

入学式。
ふたりとも大きくなったね！

連弾がんばったね！　最近は学校ではあまり話をしないみたいだけど。

ミチオくんへ

この間は、学校のかえりに、
いっしょに赤ちゃんねこを見つけてくれてありがとう。
あと、いっしょにおいしゃさんにも行ってくれてありがとう。
ひとりだとこわかったのでうれしかったです。
なまえはハッチにしました。
今度、レッスンのあと、会いに来てね。

ハルカより

おさかな
だいすき

1994年8月／11歳／小学6年生

　ミチオくん、こんにちは。元気ですか？　ピアノの練習はしていますか？　1日ひかないと取りもどすのに1週間かかりますよって、お母さんからの伝言です。もう聞きあきたよね……私はお母さんに小言を言われたときは、茅ヶ崎海岸を思い浮かべます。頭の中のなみうちぎわに立って、ざっぶーんって音にお母さんの小言を打ち消してもらうのです。

　アメリカはどうですか？　ごはんはおいしいですか？　アメリカの夏も暑いですか？　日本の夏は暑いです。夏休みの間はクラスのみんなとよくプールに行っています。時々セブンティーンアイスを食べます。アメリカにもチョコミント味はありますか？　大人の味だけれどおいしいよね。先週は江の島の花火を家族で見に行きました。去年はミチオくん一家とばったり会ってびっくりしたね。みんなで食べた大きなタコせんべい、おいしかったな。うちの家族だけで食べるには大きすぎるので今年は食べていません。

　ナツノ兄が、ミチオくんはアメリカに住めるなんて恵まれてるって言って、うらやましがってます。バック・トゥ・ザ・フューチャーとかアメリカの映画が大好きだから、いつかHOLLYWOODの看板を見に行くのが夢なんだって。

　ハッチも元気にしています。ミチオくんが遠くに行ってしまったので、さみしがっていると思います。

1994年8月／11歳／5年生（小学5年生）

ハルちゃんへ、

　手紙をもらってびっくりしました。ぼくは、今、ニューポートビーチに住んでいます。海が近くて茅ヶ崎に少しにているけれど、海岸から江の島も見えないし、近所にダイクマもありません。ピアノは持ってこれなかったので練習できませんってミキ先生に伝えておいてください。ザンネンです。

　今のところアメリカは大きらいです。英語がわからないので、マンガもテレビも全部つまらないです。キノクニヤっていう日本の本屋さんはあるけれど、ジャンプが1000円くらいするので買えません。ドラゴンボールの続きが気になって夜も眠れない。

　江の島の花火いいな、アメリカではドクリツキネンビにしか花火ができません。花火の音をガンの音とまちがえたギャングが殺し合いをはじめるかららしいです。オソロシイです。

　ナツノ兄には、ぼくは恵まれていないって言っておいてください。グリーンカードとかいうアメリカに住めるカードを父さんが当てたからって、友達も知り合いもいない国にむりやり連れてこられたぼくの気持ちを考えてほしいです。何が、アメリカンドリームをつかむぞ！だよ。大人って本当に自分勝手すぎる。とりあえず5年間はこっちに住もうなって言われたけれど、もう帰りたいです。

1995年3月／12歳／小学6年生

　お手紙ありがとう、かわいい便せん、うれしかったよ。ユニコーンが好きなこと、話したことあったっけ？　それと、わたしたちお誕生日おめでとう！　アメリカのケーキはおいしいですか？　わたしは、今年もひなまつりといっしょのお祝い。生まれた日が1日ずれていたら2日連続でごちそうが食べれたのにって冗談で言ったら、ナツノ兄に「いいじゃないか、こち亀の両さんと同じ誕生日なんだぞ！」って、変なうらやましがり方をされました。そういえば、と思って、ドラゴンボールっておもしろいの？って聞いたら、信じられないっていう顔で「全人類が読むべき課題図書だ」とか言って、どさっと置いていったので、今度わたしも読んでみるね。

　先週は卒業式だったんだ。みんなとは中学でもまた会えるからいいけれど、ランドセルはおしまいだと思ったら、少しさみしくなっちゃった。式の後、校庭でケイドロをすることになったんだけれど、となりのクラスのヤスオ君がつかまったとき、いつもはミチオが助けにきてくれてたのになあって言っていたよ。ミチオ君もせめていっしょに卒業できればよかったのにね。そうだよね、だれも友達がいないところに引っ越すのなんてつらいよね。この間は、いやなこと書いてごめんね。

　アメリカの学校はどうですか？　英語はおぼえた？　友達はできた？　5年なんてすぐだよ、帰ってきたら、またみんなでケイドロしようね。

1995年3月／12歳／6年生（小学6年生）

　ぼくたち、おたんじょうびおめでとうございました。アメリカのケーキはまずかったです。毒を持つバブルスライムのように緑色で、食べたらベロが緑色になりました。ユニコーンは、昔の写真でハルちゃんがぬいぐるみを持っていたのを見たかもしれません。

　アメリカの学校は変です。算数の先生はなぜか授業中もサングラスをかけていてこわいし、カフェテリアのスパゲッティーは、細かく切っためんをアイスクリームスクープでよそってくるので、まんまるです。もちろん、まずいです。
　英語はまだしゃべれません。この間ハンバーガーを注文したらナゲットが出てきて、コーラをたのんだらドクターペッパーが出てきました。薬みたいな味の変な飲み物です。英語の先生には、もしかしたらぼくのベロが短いから発音ができていないのかもって言われました。なんだかベロの話が多いけれど。ハルちゃんは、ドラゴンボールで悪魔の便所のところはもう読みましたか？　ベロの上でたたかう話です。
　そういえば学校にもうひとり日本人の子がいます。いつも中日ドラゴンズのぼうしをかぶっている子で、名前を聞いたら「ワシはドラゴンや！」ってどなってきました。でも、本当はリュウジらしいです。しかも、「ジャパニーズで話すとワシのイングリッシュがプログレスしないから話しかけてくるな！」とかわけのわからないことを言われたので、もう話しません。

アメリカのおかし送ります。
これはおいしいちです。
ベロの色も変わりません
ハッピーバースデー

1996年7月／13歳／中学2年生

POSTCARD

　お返事が遅くてごめんね。受験勉強で、なんだか毎日忙しいんだ。ついこの間、中学生になったばかりの気分なのにな。

　夏休みなので、山梨のおじいちゃんおばあちゃんの家に来ました。昔、民宿をやっていておうちが広いので、旅行に来た気分（でも、ちゃんと勉強に集中するために来たんだよ）。お風呂は温泉を引いているので、おばあちゃんはお肌がつるつる、お母さんがうらやましがっています。

　この町では、どこからでも大きな富士山が見えるんだよ。おじいちゃんはカメラが趣味で、もう何十年間も毎日、富士山を撮り続けているんだ。おじいちゃんすごい根気だねって言ったら、ハルカにだってできるさ、おじいちゃんの孫だからねって言ってくれてうれしかったな。根気よく受験勉強、がんばるぞ。

　ハッチは、大学受験で忙しいナツノ兄とお留守番。おばあちゃんはねこ好きなので残念がっていました。あとね、またお母さんからの伝言。前に、英語を聞きまちがえたせいで撃たれちゃった留学生の子がいたらしいから本当に気をつけてねって。ハンバーガー屋でミチオ君の英語が通じなかった話をしたら心配になっちゃったみたい、ごめん……

　富士山は守り神だって聞いたので、おじいちゃんからもらった写真をおすそわけします。ミチオ君をアメリカのいろんなキケンから守ってくれますように。

1996年8月／13歳／7年生（中学1年生）

　ぼくは夏休みにグランドキャニオンっていうところに連れてこられました。富士山とは真逆な巨大な谷で、下を見ると吸い込まれそうになります。実際、何人もの観光客が谷底で命を落としたと聞きました。うちの親はなぜこんなオソロシイ場所にぼくを連れてきたんだ。

　アメリカの学校は夏休みが3ヶ月あります。はじめはぼくも、アメリカの夏って最高！ってのんきにカンゲキしていたのですが、まんまとだまされました。実際には、サマースクールって名前に変えただけの授業がふつうにあるし、土曜日には日本語を忘れないようにって、日本語学校に連れて行かれます。おまけに、ぼくの英語があまりにも上達しないので、近所に住むラリー先生っていう人の英語レッスンにまで通わされることになり、ぼくの心はグランドキャニオンよりも深く暗いどん底に沈んでいます。この夏、楽しいことは何ひとつないでしょう。

　ラリー先生は昔海軍にいて横須賀に住んでいたこともあるらしく、日本語も少しだけ話せます。ロックが大好きな陽気な先生で、リスニングを鍛えるためにってレコードを聴いたり、歌詞の意味を考えたりするレッスンもあって、思ったよりは楽しいです。でも、宿題として貸してくれたレコードには、コマクが破れそうなほどギターがうるさい曲や、ずっと叫んでるだけの歌なんかも入っていて、はたしてこれを聴いてぼくの英語が本当に上達するのかは、わかりません。

1997年5月／14歳／中学3年生

　久しぶり、ミチオ君元気？　英語の授業で「ビバリーヒルズ高校白書」っていう番組を見たの、アメリカの高校ってキラキラしていて楽しそうだね！　今はすべての時間を受験のために捧げよ、なんて言われている私にはまぶし過ぎました。ミチオ君も将来高校に入ったら、タキシードを着てブレンダのようなかわいい子とプロムに行くのかな。

　塾と過去問漬けの毎日を送っている私だけれど、気分転換も大切だぞ！ってナツノ兄に言われたので、合間にこうやって手紙を書いたり、かわいいハッチの寝顔をスケッチしたりして息抜き。ねこって本当に不思議な生き物だから、描いてて飽きないよ。あと最近は、ナツノ兄が、これは歴史に残るゲームだぞ！って（いつものように）うるさい、ファイナルファンタジーⅦっていう、映画のようなゲームをはじめてしまって後悔。先が気になって勉強の時間が削られちゃう。今は知らない星を救っている場合じゃないんだけれどな……流されやすい私の性格、どうにかしたいです。おじいちゃんの根気強さ、もしかしたら遺伝していないというウワサが……。

　さ、勉強に戻らないと、がんばるぞ、がんばるぞ、がんばるぞ。

1997年10月／14歳／9年生（高校1年生）

　ファイナルファンタジーⅦという名の受験勉強、大変そうデスネ……うらやましいです。ぼくはプレイステーションを持っていないので遊べません、なんでスクウェアはスーファミで出してくれなかったんだ。

　こっちでは高校も義務教育なので受験はありません。さらに言うと中学は2年間だけなので、ぼくはもう高校生です。これからは、ミチオ先輩って呼んでくれてもいいです。でも、そのぶん高校が4年間あるからハルちゃんにまた追い抜かされてしまうのだけれど。

　90210なんて、ファンタジーです、ファイナルじゃないやつ。少なくともぼくの周りには、あんな高校生活は存在していません。大半の子たちはぼくと同じくじめっとした毎日を送り、じとっとした目でスパイス・ガールズのようなチアリーダーとかマッチョなフットボーラーとか一部のキラキラしたやつらをケイベツしています。プロムなんかにも興味ないし、ぼくもぜったい行きません。

　そんな話をラリー先生に話していたら、ミチオにはロックンローラーになる素質があるとなぜかほめられました。ロックスターはコンプレックスをエネルギーにのし上がっていくらしいので、今のうちにやり場のない恨みつらみをためておくと良いんだって。この間ラリー先生が教えてくれたWeezerっていうバンドがまさにそんな感じで共感。今日のハッチのお返しに、おすすめの曲を送ります。

1998年3月／15歳／中学3年生

　今年もハッピーバースデー！　元気ですか？　私はすごく元気です、なぜなら受験が終わったからです。ミチオ君がひとあし先に高校生になっていたなんて、びっくり。ミチオ先輩、今度アメリカでの高校生活も教えてくださいね。

　私が合格した高校は家からけっこう遠くて、４月からは往復２時間のジゴクの通学がはじまります。試しで往復してみたらけっこう長かったので、勧めたがりやのナツノ兄がどんどん出してくる課題図書を読む時間に使おうと思っているんだ。

　今、読んでいるのは藤子不二雄Ⓐ先生の『まんが道』。かなり古いマンガなんだけれど、おさななじみのふたりが力を合わせて夢に向かって進んでいく話で、すごくおもしろいの。そういえば主人公のひとりの名前がミチオ君と同じなんだよ。おさななじみだってところも私たちと同じだし、私たちも将来、一緒にマンガを描くしかない！なんてね。

　この前はテープをありがとう。うるさい曲もあるって言っていたから、ハッチがおどろいて逃げ出さないようにウォークマンでこっそり聴きました。こんな英語だけの曲がわかるなんて、ミチオ君はすごいね。私も英語の勉強にもなるので、これからもおすすめの曲教えてくれたらうれしいな。お返しのお返しに、今日もハッチの絵をプレゼント。

1998年3月／15歳／9年生（高校1年生）

HAPPY BIRTHDAY!

　今年もハッピーバースデー。高校生活は今のところ中学のときとなんら変わりません、変化といえばまた最下級生に戻ったことくらい。一番上の12年生はみんな巨大だし、ひげがぼうぼうの人もいるし、みなさん学校に運転して来るしで、なんかすごく大人。あと3年でぼくもあんな風になれるのかって聞かれたら、自信を持ってNOと言えます。

　それと、高校に入ってもドラゴンが一緒でした。前に書いた、日本人の変な子です。はあっ。この間、たまたまひとりでいたら、なんだまだ友達がいないのか？ワシは100人いるぞ、とか英語でからかってきてサイアク。ハルちゃんへの手紙を書いていたら今度は、なんだ出す相手なんていないクセに、イマジナリーフレンドに出すのか？妖精か？ユニコーンか？ユニコーンレターフレンドか？とか言ってきてとにかく面倒。でも、認めたくないけれど、ドラゴンの英語はまあまあうまくなっているし、アメリカ人の友達も本当にいるみたい。なんでだ。

　他に変化と言えば、高校生になったのでラリー先生のレッスンが卒業となりました。あまり上達した気はしないけれど、ロックのことをたくさん知れたので良しとします。レッスン最後の日には、なんと、ラリー先生が昔使っていたっていうキーボードをプレゼントしてくれました。ぼくがピアノを習っていたって話したのを覚えていてくれたみたい。ロックは聴くのも楽しいけれど、仲間とプレイする方がもっと楽しいよって。まあ、バンドをやる仲間も、友達もいないんだけれど。

Oasis / Rock 'n' Roll Star
ロックンロールスターになって、どんよりした毎日から抜け出すぜ、って感じの曲。そんなに簡単だったらいいんだけれどね。

1998年4月／15歳／高校1年生

　晴れて私も高校生になったよ、やっとミチオ君に追いついた。また同級生としてよろしくね。
　朝の電車は想像以上の混み具合で、学校に着く前に毎日クタクタ。こんな至近距離で、知らない人たちとぎゅうぎゅう触れ合わないといけないなんて何かのルールに反してると思うの。法律とかじゃなくて、もっと人間としての根源的な！　っていやだ、ナツノ兄みたいなことを言ってる。ナツノ兄は今、エヴァンゲリオンっていう新しいアニメに夢中で、やたらと、人とは！人の根源とは！みたいなことを語ってくるのでちょっと面倒でイヤだったんだけれど、私も同類だね……。

　こんなに混んでいたら課題図書どころじゃないので、電車の中ではミチオ君のおすすめを聴いています。イヤホンをつけていると、音のバリアに守られている気がして安心できるんだ。勧めてくれる曲も全部好きだよ、これって私にもロックの素質があるってことかな！　ぎゅうぎゅう電車でのじめっとした気持ち、しっかりためておくぞ。

　音楽といえば、私、合唱部に入ったんだ。美術部とか、のんびりな料理部とかを考えていたんだけれど、お母さんがピアノの先生だと知った顧問に、強引に誘われちゃって。本気で全国大会をめざしているような部だから厳しそうなんだ。はあっ、いやなことはしっかりと断れる人になりたいな。

1998年5月／15歳／9年生（高校1年生）

　ドラゴンと殴り合いのケンカになりました、理由は聞かないでください。結果、ぼくだけdetentionをくらいました、放課後の居残りです。ドラゴンがぺらぺらと言い逃れしている間、ぼくの頭の中は真っ白で……英語力の差でぼくが悪いってことになったのが悔しいよ。

　detentionは、ヤバそうなやつらばかりで怖かった。うつろな目でずっとブツブツ言っているやつとか、針のジャケットにモヒカンのいかにもなパンクスとか、なんかずっと怖い絵を描いている女の子とか。でも、別に反省文を100枚とか書かされるわけでもなく、基本的に静かにしていれば何をしても良かったので、拍子抜け。ぼくはイギリスのロック雑誌を読んでいたんだけれど、隣の子も趣味が一緒だったみたいで、こっそり話しかけてきてくれたんだ。お互い好きなバンドをノートの端に書いたり、無人島に持っていきたいアルバムのリストを渡し合ったりしているうちになんか仲良くなりました。

　他のやつらはdetention送りになった原因がトイレでドラッグをやっていたとか、父親のハンドガンを見せびらかしていたとかのハードコアな理由が多い中、その子は「お兄さんのバンドの深夜ライブを毎回見に行くせいで、遅刻が重なったから」っていうマイルドな理由だったのでちょっと安心。クリスっていう名前なんだけれど、もしかしたらぼくにはじめてのアメリカ人フレンドができたかもしれません。

They Might Be Giants / Birdhouse in Your Soul
君が友達なのか、友達じゃないのかってずっと悩んでいるみたい。この曲が変なのは、そんな風に悩んでいるのがカナリヤの形をしたランプだっていうこと。

1998年5月／15歳／高校1年生

　生まれてはじめてのアメリカ人フレンドができたこと、生まれてはじめての日本人の友達として私もうれしいです。クリス君、趣味が同じなら一緒にいて楽しそうだね、どんな子かまた教えてね。

　私も高校で新しい友達ができたんだ、美術の授業で隣になったクミちゃんです。クミちゃんはなんでもはっきり言う子だから苦手だって子もいるんだけれど、私は気にならないかな。むしろ芯がしっかりしていて、私とは正反対なので憧れちゃう。家が近いことがわかったので一緒に通学したり、最近できたおしゃれな喫茶店で一緒に勉強したりしているんだ。スターバックスっていうお店なんだけれど、ミチオ君知ってる？

　クミちゃんは絵がすごく上手なの。お父さんが画家さんで、小さい頃から教えてもらっていたんだって。クミちゃん自身も教え上手で、アドバイスをくれた通りに私の美術の課題を直したら、見違えるように良くなってびっくり。先生がコンクールに出しましょうって言ってくれたくらい！　お世辞だと思うけれど、私の絵には伸びしろがあるから合唱部なんてやめて美術部においでよってクミちゃんに誘われちゃった。顧問がオソロシイからそれは絶対に無理だけれど、絵は好きだから、もっと描いていこうかな。あいかわらず、おだてられると乗ってしまう私なのでした。

1998年5月／15歳／9年生（高校1年生）

　この間、友人のクリスの家に遊びに行ってきました。楽しかった。クリスの家族は全員がロック好きのおもしろい人たちで、両親はウッドストックっていう伝説の音楽フェスティバルに行ったことが自慢で、お兄さんは地元で人気のインディーズバンドのメンバーなんだって。クリスは、家族から勉強は教えてもらっていないけれどロックの英才教育は受けてきたって笑っていました。

　それに、クリス家のガレージは音楽スタジオみたいですごいんだ。ありとあらゆる楽器が置いてあるし、録音機材も揃っていて、よく家族でジャムするんだって。去年のクリスマスには冗談でWham!のLast Christmasをみんなで録音して親戚にプレゼントしたとか。

　そんな中、お兄さんのモンタナ君（おさるっぽい顔をしているので、心の中でモンタ君って呼んでる）がミナオは楽器をやらないのかと聞いてきたので、キーボードを持っている話をしたら、じゃあクリスとバンド組んだら？って話になって、びっくり急展開。

　クリスも元々高校に入ったらバンドをはじめたいと思っていたらしく、どう？って聞かれたので勢いでＯＫと言ってしまいました。流されやすいのは、3月3日生まれのノロイなのかも。クール！って、喜んでくれたのは良いけれど、ぼくなんかとで本当に大丈夫かな……ふたりでバンドはできないので、まずは他のメンバーを探すことになりました。仲間探しとか、ちょっとＲＰＧっぽくてワクワクします。

Wham! / Last Christmas
12月になると、母さんが好きなダサいラジオ局で1日100回はかかるのでキライなのに頭から離れなくなります。もう100回聴かされて、今は少し好きになってしまいました。

1998年6月／15歳／高校1年生

　バンドのこと、楽しみだね！　ミチオ君なら大丈夫だよ。もしかして去年の紅白に出ていたX JAPANみたいにミチオ君も髪をピンクに染めたり、お化粧したりするのかな……ドキドキ。でも、アメリカは自由そうだから校則違反の心配はなさそうだよね、日本の学校はキュウクツなのでうらやましいな。

　私もこの間クミちゃん家にお呼ばれしてきたんだ（お互い友達ができてよかったよね～）。一緒に美術の課題をやろうとしたらクミちゃんのお父さんが、それならアトリエ使っていいよって言ってくれたの。アトリエはまるで映画に出てきそうな、それはステキなお部屋でした。

　本棚には外国の画集がたくさんあって、クミちゃんがお気に入りの画家さんを紹介してくれたんだ。ハルカはどんな絵が好きなの？って聞かれたから、今、課題図書で読んでるナウシカの絵がすごかったよって言ったら、えっ、マンガ？ってちょっと冷たい感じに言われちゃった。マンガだってすごいんだけどな。

　あとね、私の課題を見てくれたクミちゃんのお父さんに、君の絵のヘタウマ感は絶妙だねえ、スタイルがとてもユニークだって、言われたの。クミちゃんが、お父さんがほめるのって珍しいんだよ！私なんて全然なんだからって、おどろいてたけれど、ヘタウマって、本当にほめられてるのかなあ。でも、絵のことで何か言われたことなんてはじめてだから、うれしかったな。

ハッチ画伯

どれどれ

1998年6月／15歳／9年生（高校1年生）

　ぼくだって前からハルちゃんの絵は良いなって思ってたよ、あのなんか気の抜けた感じが好きです（ぼくもほめてます）。ちなみに、アメリカの教育はほめて伸ばすことが基本だから、もっとほめられたくなったら、こっちに遊びに来てください。

　バンドのメンバー集め、なんと、学校の掲示板で募集したらすぐに連絡がありました。しかも、女子です。ヘイリーっていう無口な子なんだけれど、スラッとしていてなんかモデルさんみたい（ってクリスが言っていました）。さえないぼくらとは何ひとつ共通点がなさそうなので、何か騙されないか怖かったけれど、チラシに書いておいた好きなバンドが一緒だったので興味もってくれたみたい。

　ヘイリーはドラムができるって言うので、クリスん家で見せてもらったら、もうプロ？って腕前でみんなで口をあんぐり。なんでも、ジャズドラマーのお父さんに2歳の頃からドラムプラクティスを受けていたっていう、クリスと同じ音楽英才教育組でした。顔色ひとつ変えずマシーンのようにリズムを刻む姿はちょっとターミネーターっぽくてかっこよかった。

　恐る恐る、本当にぼくらのバンドに加わってくれるの？って聞いたら、ぼそっとOKって言ってくれたのでクリスとハイタッチ。頭の中で、ドラクエで仲間が増えたときのメロディーが鳴りひびきました。

ドラゴンクエストIIで仲間ができたときのファンファーレ。サマルトリアの王子とムーンブルクの王女を仲間にしたときに鳴る曲がけっこう好き。仲間ができるとうれしいよね。

1998年8月／15歳／高校1年生

　あつい、あつい、あついよぉ。日本の夏は今年も溶けてしまいそうな暑さで、ハッチも毎日たれぱんだのように垂れつくしています。

　アメリカは、ほめることが基本なんていいな〜。合唱部の顧問なんてみんなにオニって呼ばれていて、私たちほめられたことなんて一度もないよ。それでも、もうすぐNコンっていう大きな大会があるので、今は、みんなで歯を食いしばってがんばっています。いろいろ大変だけれど、私たちの声がきれいに合わさった瞬間、イヤなことは全部忘れられるんだ。あの瞬間って本当に魔法みたいなの、合唱ってひとりでは絶対にできないことだから余計に美しいのかな。

　そんな中、今日は先生の急用で貴重な半日休みだったので、クミちゃんに誘われて渋谷Bunkamuraのピカソ展を見てきました。ハルカもマンガばかりじゃなくて本物の芸術を知っていた方が良いよって。
　大きな絵は迫力があったし、色がきれいだなって思った絵もあったけれど、私には本物の芸術はちょっと難しすぎたかな。考えないで感じるのがアートって言われたけれど、まだ修行がたりないみたい。クミちゃんはいつかピカソよりもすごい絵を描きたいんだって言っていたけれど、帰りに入った大人なカフェでもずっと図録の絵を模写していたし、いつもあんなにがんばっているんだもん、絶対に叶うよ！

1998年9月／15歳／10年生（高校2年生）

　ぼくもマンガはアートだと思うし、ピカソよりも鳥山明(とりやまあきら)の方が絶対にすごいと思います。マンガもだけれど、クロノ・トリガーのイラストのかっこよさと言ったら！

　こちらは新学期早々、メンバー候補がもうひとり現れました。カービィって名前のちゃらちゃらした男で、ドラクエⅢの「あそびにん」みたいなやつ。ヘイリーが目当てっぽかったから最初はムシしていたんだけれど、トライアウトをさせろってうるさいので渋々またクリスん家に。
　そうしたらカービィ、歌がめちゃくちゃうまかった！　ぼくが大好きなRadioheadの曲を弾き語りしてくれたんだけれど、まるでボーカルのトムが乗り移ったような美声で、悔しいけれど感動。なんでも、幼い頃は教会で賛美歌を歌っていて、天使の子とか呼ばれていたんだって。ロックが好きなのも本当らしく、新譜を聴きまくるためだけに地元のレコード屋でバイトをしているって。クリスともディープなロック話で盛り上がってた。
　ヘイリーがそれでも渋い顔をしていると思ったら、なんと、あの日のdetentionでふたりも出会っていたことが発覚。やっぱりカービィがちょっかい出してきて面倒くさかったんだって。でも、４人共あの日あの場所にいたなんて……ちょっと運命を感じるよね。最終的にはヘイリーもカービィの実力は認めて、勝手にすればと言ってくれたので、ぼくらはついに４ピースバンドとなりました。

Radiohead / (Nice Dream)
周りがみんなぼくにやさしくしてくれて、気にかけてくれて、必要としてくれて……自信も持てて……そんなのは全部夢、すてきな夢……

1998年10月／15歳／高校1年生

　バンド、とうとうメンバーが揃ったんだね、おめでとう！　もし、コーラス要員が必要になったら教えてください、合唱でつちかった私の美声でお手伝いしましょう……なんて言ってみたかったけれど、Nコン、地区予選で早々と敗退してしまいました。NHKホールは遠いな……いつかミチオ君のバンドで紅白に出て、私たちのカタキをとってね。

　合唱部はそんなだったんだけれど、すごいニュースもあるの。なんと、クミちゃんが県の美術コンクールで銅賞を受賞したんだ！　ふだんからクミちゃんがどれだけ努力をしていたかを知っているからうれしいんだ。クミちゃん、今年の文化祭のしおりの表紙絵も描くことになったんだって、1年生で選ばれるなんてまれなことなんだよ！　クミちゃんも、ミチオ君も、私の周りには夢に向かって一生懸命なすごい人ばかり、尊敬できる友達が周りにいるのは幸せです。

　私も夢中になれることを見つけたいけれど、あれだけ練習したNコンが終わってしまって、今は燃えつき症候群中。絵もいざ真っ白の紙を前にすると描きたいことが何も思いつかなくて。休み時間にぼーっとしていたら、クミちゃんが、悩みがあるならどんどん絵にすればいいのよ、それがアーティストの特権なんだからって。でもその悩みが、描きたいことが思いつかないことの場合は、どうすればいいと思う？

1999年4月／16歳／10年生（高校2年生）

　気がついたら半年も返事してなかった、ソーリー！　前回は何を書いたっけ、ぼくらのバンドがThe Detentionsっていう名前になったことは話しましたか？（命名、カービィ）正直、ダサい名前だと思うけれど、モンタ君がどんなにひどくても人気が出ればかっこよく聞こえるものだからがんばれ！って。たしかに、Red Hot Chili Peppersだって、ただの唐辛子なのにかっこいいもんね。

　ここ最近、ぼくらは学校帰りにクリスん家に集まっては練習に明け暮れています。すごく上達したと思うし、みんなの息も合ってきたと思う。前にハルちゃんが、合唱でみんなのパートが重なる瞬間が魔法みたいって書いていたけれど、今ならその気持ちすごくわかります。

　練習以外でも、カービィのバイト先に入り浸ってみんなのおすすめレコードを聴いたり、ライブを見にＬＡまで行ったり、ただモールをぷらぷらしたり、なんだかみんなとずっと一緒にいる気がする。

　そうそう、ぼくが１日も欠かさずキーボードの練習を続けているって、ミキ先生に自慢しておいてください！　キーボードって基本的にコードで弾くからピアノ経験はそんなには関係なかったけれど、ピアノを習っていたおかげでラリー先生がキーボードをくれて、バンドにつながったわけだから、今のぼくがあるのはミキ先生のおかげかもしれません。こういうのをバタフライエフェクトって言うんだって。あ、でも、ぼくらがたまたま同じ日に同じ病院で生まれたことがすべてのはじまりだと考えると、ハルちゃんのおかげかもです。

Red Hot Chili Peppers / My Friends
勢い（とおもしろい名前）だけのバンドだって思っていたんだけれど、こんなやさしい曲も書けるんだってわかって好きになったんだ。今度出るアルバムも楽しみ。

1999年5月／16歳／高校2年生

　お手紙ありがとう。ミチオ君が元気そうでよかった！　でも、もし文通が負担になっていたら正直に言ってね、ミチオ君のおじゃまになっていたらいやだなって。前にアメリカでは毎日どんよりした生活を送っているって言っていたけれど、今のミチオ君は十分キラキラして見えるよ。

　どちらかというと私の方が今は少し沈み気味かな。なぜかというと、新学年になって、合唱部の副部長を引き受けちゃったんだ。顧問的には2年生ならだれでも良くて、私なら強く言えば断らないって思ったんじゃないかな。その通りになったけれど……合唱部は個性が強い子が多いから、まとめきれるか心配。ナツノ兄からは、そんな風に八方美人を続けているといつか身を滅ぼすぞって怖いことを言われました。

　ナツノ兄で思い出したけれど、うちでもとうとうインターネットが使えるようになったんだ。ナツノ兄が前から電子掲示板っていうのを使ってみたかったらしくて、この間も知らない人とやりとりしてマトリックスっていう今アメリカですごい人気の映画の話が聞けたってうれしそうにしてた。電子メールっていうのも知ってる？　よくわからないけれど、家のパソコンから手紙を出せて、世界中のどこへでも一瞬で届くんだって、魔法みたいじゃない？　もしミチオ君もインターネットが使えるのなら、こんど電子文通もしてみませんか？　ポストに出しにいかなくてもいいから、ミチオ君の負担も少し減らせるかな。

1999年6月／16歳／10年生（高校2年生）

　Eメールって、すごいよね！　ちょうどコンピューターのクラスで習ったところです。うちにはインターネットないけれど、学校でなら見れるので送ってみて。ぼくのアドレスは…………

　それより、今日はビッグニュースがあります。なんと、ぼくらの初ライブが決まったのです！　モンタ君がいつもプレイしているライブハウスの新人イベントにぼくらを推薦してくれたんだ。オーナーのダグさんはぼくらが挨拶してもふんって感じで鼻を鳴らしただけでスーパー怖そうな人だった。でも、地元では有名なロックのビッグボスらしいので、ぼくらのこと気に入ってもらえるといいんだけれど。人前でプレイするのはナーバスだけれど、この日のために毎日練習してきたので、がんばります。

　それにしても、練習ってひとりでやってもあまり楽しくないのに、みんなでプレイするとなんであんなにエキサイティングなんだろうね。この間ふと思ったんだけれど、みんなが作り出すグルーヴにタイミングを見計らってダイブするときの感じって、昔、運動会でやった大なわとびに似てるんだ。成功したときのうれしさも一緒！　大なわ、なつかしいな。ふと気づいたら小学校のときの友達とはもうアウェイになっちゃったから、ハルちゃんとの文通が日本とユイイツのつながりです。なので、ハルちゃんからの手紙はうれしいし、文通はいやじゃないです。

Pet Shop Boys / Somewhere
きっと、どこかにぼくらを受け入れてくれる場所があるんだって。元はウエスト・サイド・ストーリーの主題歌らしいです。その場所、早く見つけられたらいいな。

1999年12月／16歳／高校2年生

　ライブデビューなんて、おめでとう！　私もミチオ君の晴れ姿、見たかったな、日本ツアーも期待しているよー。Ｅメールの住所もありがとう、ナツノ兄に送り方を教わっておくね。

　私の方は今年もＮコン、本戦デビューならずでした。が〜ん。って言いたいところだけれどカクゴはできていたかな。みんなの心がひとつにならないとうまくいかないのに、今、部内が競技としてコンクールに勝ちたい派と、きれいな歌をのんびりと歌いたい派にわかれちゃってて……ここだけの話、私もどちらかというとのんびり派なんだけれど、副部長としては秘密にしておかないと。

　あとね、とっても！びっくり！することがあったの。美術コンクールで私の作品が銅賞を受賞したんだ、こういうの、英語ではサプライズって言うんだよね！　クミちゃんに、美術部以外での受賞は私だけ、がんばったね！って言われたけれど、今回もたくさんアドバイスをくれたおかげだよ。しかもクミちゃんは、今年は銀賞！　着実にステップアップしてすごいのに金賞が取れなかったって悔しがっているんだよ、本当にえらいよね。

　話は変わるけれど、いよいよ世紀末だね。今、テレビでノストラダムスの予言とか、2000年問題とかの特集をやっているけれど、お互い世界の終わり（？）に気をつけようね。

1999年12月／16歳／11年生（高校3年生）

　いよいよ世界の終わりまであと少しデスね。さっき、エンパイアステートビルのてっぺんで宇宙人に助けを求める人たちのニュースを見たけれど、インデペンデンス・デイとかだと、ああいう大きなビルは宇宙人に真っ先に破壊されるから、あの人たちのことが心配になります……。

　この間、初ライブが終わりました。キンチョウした……クリスもヘイリーも堂々とプレイしていてかっこよかったし、カービィなんて、ふるまいがすでにロックスターで女の子にもキャアキャア言われていました。そんな中、ぼくだけ頭の中が真っ白で、両手は汗でびちゃびちゃで、ミスしまくりの足ひっぱりまくり。みんなは、気にするなよって笑ってくれたけれど、ひとりだけ先に世界が終わった気分。

　それでも、ダグさんはぼくらと、Chihuahuas（チワワズ）っていう同い年のバンドを気に入ってくれて、なんと、これからも定期的にライブをさせてもらえることになりました（3人のおかげ）。

　チワワズはうまいんだけれど、やたらと挑発的だったり、ぼくに向かってオリエンタルにロックがわかるのかとか言ってきたり、とにかくいやなやつらなんだ。横で聞いていたカービィがやつらに飛びかかろうとしてくれたからみんなで止めたんだけれど、内心うれしかったな。カービィ、けっこう良いやつなんだ。

　そんなチワワ野郎には絶対に負けたくないので、やつらよりも先にデビューすることがぼくらの目標になりました。絶対に勝つから。

　R.E.M. / It's the End of the World as We Know It (And I Feel Fine)
　早口なのでリスニングが上達するかも。ぼくはまだ「ご存知のとおり世界の終わりだけれど、まあいいか」ってサビしか聞き取れないけれど。

1999年12月28日 14:31
こんにちは。ミチオ君は今、何をしていますか？　私は朝起きて、って言っても12時越えていたからお昼だったけれど、朝昼ごはんをまとめて食べました。天気も良くtttttt、あっ今、変なの書いたのはハッチです。ハッチもミチオ君に挨拶したかったのかな。キーボードって覚えるのがタイヘンだね、これ書くだけで１時間くらいかかりました。

Dec.28.1999 12:21
学校のcomputerから送っています。ハルちゃんからのメール、文字が暗号のようにぐちゃぐちゃになっていたので先生に読めるようにしてもらいました。ハッチからのメッセージも受け取ったよ、helloって伝えておいて。ぼくらはこれからクリスん家でpracticeがあるので行きます。

1999年12月29日 23:15
大掃除で本棚の整理を始めようとしたらうっかり32巻もあるマンガを読み始めてしまったわ。H2ってマンガ。野球は興味ないのだけれどけっこうおもしろくて、気がついたらひとつも掃除していない。ああ、私はなんてダメ人間なんだろう、それに比べてこんなにおもしろいマンガを貸してくれるなんてナツノ兄様は素晴らしい人だわ、ああ、素晴らしい。

Dec.30.1999 12:31
ハルちゃん、なんかメール変だったけれど、大丈夫、悪いものでも食べた？H2は知らないけれど、野球のマンガだったら昔読んだキャプテンもおもしろかったです。いよいよ明日は世紀末、何が起こるかな。scaryです。

1999年12月31日 11:22
ミチオ君ごめんね、この間のメールは私が知らない間にナツノ兄がふざけて書いたの。もうっ。いよいよ大晦日だけれど、今のところ空も割れていないし、今朝見に行った茅ヶ崎海岸も穏やかだったよ。ハッチもこたつの中で幸せそうに寝ています。今日は、今度こそは大掃除を終えて、おせちのお手伝い（味見係？）をして、紅白を見て、年越しそばを食べる予定。無事今日が終わりますように。

2000年1月1日 0:12
ミチオ君、2000年あけましておめでとう！　日本は無事に世界の終わりを乗り越えました。これから少し寝て、朝になったらクミちゃんと一緒に初詣に行ってきます。ミチオ君とアメリカの皆さんの無事もお祈りしてくるね。

Dec.31.1999 12:21
今のところ、こっちの世界もまだ終わっていません。考えてみたら時差があるから、今もう日本では2000年を迎えてるんだね。そうすると、ぼくらは無事生き延びたのかも！でも、ノストラダムスはフランス人だったらしいのであっちがミレニアムを迎えるまではしゃぐのをやめておきます。

Jan.2.2000 12:25
ハルちゃん、１日遅れのあけましておめでとうございます。元日だけは学校が休みなのでcomputerが使えませんでした。ノストラダムスは本当に人騒がせな爺さんだったね。ただ、世界は終わらなかったけれど、うちの両親のせいでぼくの世界は終わったかもしれません。最近、そのストレスのせいで変な耳鳴りもして気持ち悪いです。

2000年1月3日 9:12
え？　え？　どうしたの？　大丈夫？　何があったの？

Jan.5.2000 12:08
大丈夫です。一応。でもまだ、話をする心の整理ができていないんだ。もしよかったら、ぼくらの文通、また紙の手紙に戻しませんか？ なんかEメールって速すぎるし、冷たく感じるときがあるんだ。それに、ナツノ兄に見られている気がしていやだし、Eメールだと「今日のハッチ」が見られないのもつまらないし。

2000年1月6日 12:28
賛成！ 私もミチオ君のおすすめの曲が聴けないのはつまらないな。すぐにまたお手紙書くね。私たちたぶん、早生まれでなんでもゆっくりだから、インターネット時代についていけないのかも、8月生まれのクミちゃんなんて自分のホームページっていうのを作っていて、描いた絵や日記を世界中の人に公開しているんだって。世界中にだよ、すごいよね。

Jan.7.2000 12:24
ハルちゃん、ありがとう。カの新学期は9月はこっちではぼないんだよ。っき聴いておさななじみ

ちなみに、アメリじまりが多いから、くら、早生まれじゃいいでしょ。テープもまた送ります。さいたPulpのDisco 2000もおすすめ、かな？ の男の子と女の子の歌なんだけれど、ふたりは将来絶対に一緒になるよねってうわさされるくらい仲良し。そんな中、男の子は、2000年になったらあの噴水の前で会おうよ、って女の子に提案するんだ。そのとき、ぼくらがどんな大人になっているか楽しみじゃない？って。で、ふたりが成長するにつれ、女の子はどんどんステキになっていくんだけれど、男の子はずっとさえないまま。けっきょく、女の子だけ、早くに結婚しちゃうんだけれど、男の子が、それでも2000年になったらまた会おうよ、子供も連れてきていいからさ、って言っておしまい。別に深い意味があってこの曲を選んだわけじゃないけれど、ちょうど聴いていたから……

2000年1月／16歳／高校2年生

　あけましておめでとう、やっぱり紙とペンは落ち着くよー。でも、小さい頃は2000年って聞くとバック・トゥ・ザ・フューチャーPART2にでてくるような未来の世界を想像していたけれど、まだ車も飛んでないし、冷凍ピザもあんなに小さくなくてつまらないな。
　お正月も、おせちを食べて、初詣に行って、っていつもと変わらなかったよ。ちなみに、おみくじは大吉、生年月日も血液型も同じミチオ君も良い年になるはず！　ナツノ兄はその間ずーっとポケットモンスター。小学生の間で大人気なんだぞって言っているけれど、ナツノ兄は小学何十年生なんだろうね。

　それとね、今年からクミちゃんが行っている絵画教室に通うことにしたんだ。ここで一度基本を習っておけばハルカはもっと伸びるから！ってクミちゃんに勧められて。お母さんは、来年受験なのになんで今？って呆れていたけれど、おみくじにも新しいことに挑戦するべしって書いてあったから、思いきってみたんだ。
　絵画教室のトーマス先生はアメリカの人で、サンフランシスコの美術学校を卒業してるんだって。日本のマンガが大好きで移住してきたって言ってて、ドラゴンボールの話で盛り上がっちゃった。外国でも人気だなんて、ほらクミちゃん、やっぱりマンガもすごいよ！　そういえば、トーマス先生って少しバック・トゥ・ザ・フューチャーのマーティーに似てるんだよ（クミちゃんに、どこが？って言われたけれど）。

2000年1月／16歳／11年生（高校3年生）

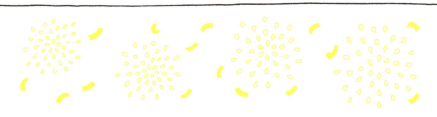

　あけましておめでとう。ぼくも今までと変わらない地味ミレニアムをすごしています。テレビで見ていると、アメリカ人ってこういうときクレイジーなくらい全力でパーティーを楽しむんだよね。みんな変な2000年めがねかけてずっと騒いでいます。

　でも、もしかしたらぼくも、そんなクレイジーなアメリカ人になってしまうかもしれません。この間、父さんがいきなり、家族でアメリカ国籍を取るぞ！と宣言したからです。理由を聞くと、オレの手でブッシュさんを大統領にしたいとか意味不明なことを言いだして……実は今年は4年に1度の大統領選挙の年なんだけれど、ぼくらグリーンカード保持者に選挙権はないんだ。だからって、選挙のためにアメリカ人になるなんて意味がわからないよ！　ブッシュなんて周りではみんなにバカにされてるのに。大統領選挙ってミレニアムパーティーと同じで大きなお祭りだから、祭り好きの父さんは一緒になって騒ぎたいだけなんだ。

　考えれば考えるほどうちの親はひどいです。ぼくをこんな国に無理やり連れてきて、5年で帰るからとウソ言って、あげくのはてにはアメリカ人になるぞなんて。アメリカは自由の国だって言うけれど、ティーンエイジャーのぼくに自由なんてありません。ぼくはアメリカ人になんかなりたくない、ただ早く大人になりたい。

P.S.ハルちゃん、マーティーかっこいいって昔言ってたからよかったね。

The Bluetones / Bluetonic
考え方が違うのは仕方がないけれど、ぼくが間違っているとは言わせないって、ぼくがいつも思っていることをこの曲が代わりに言ってくれていたんだ。すごくない？

2000年2月／16歳／高校2年生

　大統領選挙とか永住権とかミチオ君がアメリカ人になっちゃうとか、私の想像が及ばないスケールの話だ。もし国籍を変えると名前もアメリカ人っぽくミッチーとかになっちゃうのかな。もしミチオ君が本当にいやだったら、日本に帰ってきてもいいんだよ。大きな会社に就職が決まったナツノ兄が、２ＬＤＫの広い部屋を借りるつもりだって自慢していたから、きっとひと部屋くらい貸してくれるよ。

　この間は久しぶりに小学校のときのみんなと集まったんだけれど、みんな、なんだかすごく大人っぽくなってた。昔一緒にケイドロやってたヤスオ君も、背が高くなっていて別人みたいだったし、女の子たちもみんなきれいな服を着て、メイクまでしてすごくかわいかった。たぶん、ふだん着でお化粧もしていなかったの私だけだと思う。

　バレンタインが近かったから、だれにチョコレートをあげるだとか、だれが付き合っていて、だれが別れたとか、元彼（！）のウワキがどうとか、話も大人っぽくて全然ついていけなかった！　ミチオ君とずっと文通を続けていることを話したら、で、付き合ってるの？ってみんな興味津々だったけれど、ただのおさななじみだよって言ったら、なーんだ、って言われました。好きな人はいないの？ってきかれたから、マーティーかな？って言ったら、そういうのはいいからって……ちなみにミチオ君はだれかからチョコレートもらいましたか？　ヘイリーさんかな？

2000年2月／16歳／11年生（高校3年生）

　こっちのバレンタインでは、チョコレートのやりとりはしません。どちらかというと男の子が女の子にバラを贈ったり、デートに誘ったりする日で、日本とは逆です。ヤスオ、そんなに大きくなっていたんだね。でも、ぼくも背は伸びたけれど、こっちはとんでもなく大きな人ばかりなので、それだけで大人っぽいとは思わないかも。ちなみに今年のバレンタインデーはダグさんのところでライブをしていました。客の入りはぼちぼちっていう感じだったけれど……ぼちぼち。チワワズは、もうファンがけっこういるんだけれど、なぜなんだ。

　集客のことでモンタ君に相談したら、まだカバー曲しかやっていないからじゃないかって言われたので、ぼくらもオリジナル曲を作ってみることになりました。みんなの意見を取り入れつつ曲作り経験のあるカービィとクリスがメインで書いてくれているんだけれど、今のところ、どこかで聞いたようなメロディーや歌詞が混ぜ合わさったキメラのような曲が出来あがってしまいました……。そんなぼくらを見かねてモンタ君がディレクションを買って出てくれたので、いつかはラジオでかかっていてもおかしくないようなクールな曲ができるはず。最高の曲が完成したら、ハルちゃんにも送るね。

My Bloody Valentine / Only Shallow
バレンタインの話が出たのでこのバンドの曲を。ギターのディストーションが美しいんだけれど、ハッチにはまたきらわれそうです。

2000年3月／17歳／高校2年生

　今年も私たち、お誕生日おめでとう。もう17歳だね。ミチオ君は早く大人になりたいって言っていたけれど、私は大人に近づいていることが逆に怖いかな。だって、ひとりじゃあまだ何もできないし、学校でもそろそろ文系か理系か決めなさいとか志望校を考えはじめなさいとか言われるけれど、将来自分が何をやりたいかなんてまだ全然わからないよ。

　それにね、アトリエが、想像していたような気楽なお絵描き教室じゃないことがわかってきて、ピンチなの。クミちゃんが誘ってくれた時点で気づくべきだったんだけれど、周りは美大を目指しているような子ばかりだし、デッサンやプレゼンテーションの授業まであってみんなすごく真剣。トーマス先生は、ただ絵を楽しむために通うのだってウェルカムなんて言ってくれるけれど、クミちゃんも都内の美大を狙っているらしいし、今回ものんびり派のつもりだった私は肩身が狭いよ。
　この間は、私の絵をトーマス先生が選評してくれたんだけれど、可能性は感じますが今まで触れてきたマンガとかの影響が濃く出すぎていますね、だって。絵にまで私の八方美人が出ているのかもって思うとため息がでちゃう。オリジナリティーを出すためにはとにかくたくさん描くことが大切だからって、100ページくらいありそうなクロッキー帳を毎月1冊埋める宿題を出されました。私、こんなことやっていて、受験、本当に大丈夫なのかなあ。

ハッチもお祝いしてくれてるよ〜

2000年3月／17歳／11年生（高校3年生）

　お誕生日おめでとう。ぼくの将来もハルちゃんと同じくらいアンノウンです。バンドは楽しいけれど、今のところ完全に趣味だし、そもそも平凡なぼくが音楽で食べていくなんて夢のまた夢です。カービィは歌がスーパーうまいし、カリスマ性もある。クリスは音楽知識がすごいし何よりもフレンドリーだから、何やってもうまくいきそう。ヘイリーは実は成績がストレートＡの優等生だから、音楽がだめでもどんな大学にだって入れるし、けっきょく、音楽的才能も成績もアベレージなぼくだけが取り残されそうなのです。

　それでも、１日でも早く大人に近づけるよう、この間、まずは運転免許をゲットしてきました。すごい？なんて、実はこっちでは運転の授業は高校で受けられるし、費用も20ドルくらいなので、ふつうのことなんだ。でも、今まではどこに行くのにも親に送ってもらわないといけないのが恥ずかしかったけれど、やっと自由の国で自由の切符を手に入れることができた気分。
　あと、近所の日本食レストランでウエイターのバイトもはじめたんだ。親はバンドに理解がなく、一切お金を出してくれないので自分で稼がないと。けっこう力仕事だからきついけれど、大人たちと一緒に働いて、いつもとは違う会話をしていると、少しだけ大人の仲間入りした気分になります。ボスとワイフも良い人たちで、おいしいまかないを出してくれるし、何かとかわいがってくれているんだ。

The Beach Boys / Wouldn't It Be Nice
大人になったらすてきな日々が待っているよ、なんだって叶うよなんておとぎ話のような雰囲気のある古い曲。ラリーさんのおすすめだったんだ。本当だったらいいな。

2000年4月／17歳／高校3年生

　ミチオ君、アメリカで運転なんて、本当に大人！　ハリウッドスターのように、サングラスかけて窓枠にひじを置いたりしながらバイト先まで運転しているのかしら。いつか私がアメリカに行くときは、空港まで迎えに来てくれたらうれしいな。

　私の方は高校最後の年がはじまりました。受験勉強のために合唱部は抜けようって心に決めていたんだけれど……無理でした。ひとあし先に同級生が3人も退部したので、ソプラノが足りなくなって困るって顧問に説得されて逃げられなくなっちゃった。ただ、今度は部長にって言われたのは断固断ったんだよ！　ミチオ君はたいしたことないって思うかもしれないけれど、オニの顧問にささやかにでも反抗できたことは、私的には大きな成長なのです。えっへん。

　でも、クミちゃんに話したら呆れられちゃった。絵と合唱、このままだと両方とも中途半端になるよって。この間一緒にお花見をしたときも、なんでハルカはこの美しい風景を見てデッサンをせずにいられるの？とか、せっかく才能があるのに100％がんばらないなんて、私きらいだなとかいろいろ言われちゃった……。最近のクミちゃん、私にいつもイライラしてるみたいだけどなんでかな。私はお花見、楽しかったんだけれどな。

2000年4月／17歳／11年生（高校3年生）

　週末にクリスの両親が旅行に行くというので、留守番を兼ねて泊まりがけのバンド合宿をしました。クリスとカービィが新しいデモをたくさん作ってきてくれたんだけれど、今回の曲は全部グレートなんだ！　ふたりの成長っぷりはすごいです。近いうちにレノンとマッカートニーみたいな最強コンビになるかも！
　日が暮れるまでたっぷり練習した後は、こっそりビールで乾杯。本当だよ、大人でしょ？　こっちでは未成年の飲酒には厳しいけれど、カービィはなぜかけっこう飲み慣れているみたい。後はみんなでマリオカートしたり、夜通しで深い話をしたりして、楽しかったな。昔、ラリー先生が、ぼくはいろいろため込んでいるから、ロック向きだって言ってくれたんだけれど、みんなも同じ感じだったんだ！
　たとえばカービィは、両親がメキシコからの移民なんだけれど、一族で初のアメリカ生まれということで親戚一同からの過度な期待がとにかくストレスなんだって。ヘイリーは、大好きだったジャズドラマーのお父さんがツアーに出たきり蒸発、お母さんの新しい恋人が家に入り浸っているのがいやで家にいたくないって。クリスは、昔のロックが好きすぎて、生まれた時代を間違えたのが悩みかなって真剣な顔で言うのでみんなで笑っちゃった。ぼくも両親のこととか国籍のこととか話したんだけれど、みんながわかるよって言ってくれてうれしかったな。なんか、ますます仲間になれた気がした夜でした。

Electronic / Late at Night
みんな違っていて、みんなだれかが必要なんだって歌っている曲。みんな違っていて、今夜、ぼくにはみんながいてくれたんだ。

2000年5月／17歳／高校3年生

　ミチオ君は、本当にすてきな仲間を見つけられたんだね。なんだか、私までうれしいな。

　私の方はと言うと……最近また、クミちゃんのことで思うことが重なって、どうしたらいいのかわからないんだ。
　たとえば、私が合唱部の子たちと話していると、いろいろ理由をつけて引き離そうとしたり、合唱の練習でアトリエに行けないって言うと、仮病つかえないの？ってしつこく言ってきたり。私のことを思ってくれるのはうれしいけれど、それなら私が決めたことも尊重してくれたらいいのに……って思うのは甘えすぎなのかな。
　反対に合唱部の方でも、最近では休憩時間にクロッキー帳を開いているだけでみんなに白い目で見られるんだ。今度、動物園でアトリエのスケッチ会があるんだけれど、練習を休んで行きたいなんてとても言い出せないよ。

　でも、明るいニュースもあるの。合唱部に今年3人の新入生が入ってきたんだけれど、この子たちがすごいんだ。みんなＮコン本戦常連の強豪中学校出身で今年こそは私たちもＮＨＫホール！って盛り上がっているので、たしかに私も副部長としてもっとしっかりしないとな。

今日のいっちはうしろむき

2000年5月／17歳／11年生（高校3年生）

　この間のオリジナル曲をさっそくライブでプレイしたんだけれど、リアクションがすごく良かったんだ！　これなら本当にファンも増えるかも！　せっかくの曲をもっと聴いてもらいたいので、ぼくとヘイリーで、ファン倍増計画をプランすることにしました。クリス＆カービィチームは曲作りをがんばっているので、ぼくらもなにか貢献しないと。

　まずはベタだけれどＴシャツを作ってみることにしたんだ。着てもらうだけでバンドの宣伝になるからね。絵は、ヘイリーが得意だと言うので任せたんだけれど、これが間違いのはじまりでした……

　描いてきてくれた絵は上手なんだけれど、とにかくおどろおどろしいんだ。頭になんか刺さってるクリーチャーとか、どろどろに溶けた胎児とか、内臓っぽい何かとか。ヘイリーが真顔で、どう？って聞いてきたけれど、これじゃあぼくらが最近ヘイリーの好きなSlipknotみたいなハードなバンドと勘違いされそう。
　どう断ろうかと迷っていたら、ヘイリーがシルクスクリーン屋でもう10枚作ったからって、ぼくらから印刷代を強制徴収。汗水垂らして稼いだぼくのバイト代も、このおどろおどろしいＴシャツに吸い取られてしまいました……
　誕生日は少し過ぎてしまったけれど、１枚プレゼントするね、日本でもぼくらのバンドを有名にしてください。

Oingo Boingo / Dead Man's Party
ヘイリーの絵を見て、この曲を思い出したんだ。おどろおどろしいんだけれど、ポップで楽しいところとか。ヘイリーの絵もよく見るとおもしろいんだよね。でもなあ……

2000年6月／17歳／高校3年生

　ミチオ君、バンドがんばっててすごいね！　Ｔシャツもありがとう、ヘイリーさんの絵、ちょっとおもしろくて、ミチオ君が言うほど悪くないと私は思うけどな。

　私たち合唱部もまたＮコンに向けてがんばっているよ。新入生たちが入ってたしかにレベルアップしているんだけれど、あの子たち自信過剰なところがあるから、少し心配なんだ。合唱って信頼関係がなければ不協和音しか生まれないから、みんなで心を通わせることが何よりも大切でしょ？　上級生ももう少し彼女たちをやさしく見守ってあげてって思うし、副部長は板ばさみなのです。

　アトリエは最近少し楽しくなってきたんだ。きっかけは、トーマス先生に画家とイラストレーターの違いを教わったことなの。画家が自分のために表現するお仕事なのに対して、イラストレーターは、他人のために描くお仕事なんだって。私は、クミちゃんのように絵での自己表現は得意じゃないから絵の道に進むなんて想像できなかったんだけれど、だれかのために描くお仕事ならステキだなって思ったの。

　トーマス先生も、私のヘタウマスタイルはイラストに向いているかもねって。じゃあすぐにイラストレーターを目指そう！とは全然思わないけれど、少しでも将来の選択肢が増えることはいいことだよね。

ハッチも応援しています

2000年7月／17歳／11年生（高校3年生）

GOLDEN GATE BRIDGE

　この夏休み、ぼくらは大冒険を決行しました。みんなでサンフランシスコのロックフェスティバルを見に行ったのです！
　サンフランシスコまでは砂漠の一本道を8時間ほど横断するんだけれど、けっこう緊張した。男3人は意外に安全運転だったんだけれど、ヘイリーはやっぱりクレイジー。アクセルペダル全開の100マイル以上でずっと飛ばして、ぼくら3人がスローダウン！って言っても、ただ無視。ぶつかったら、みんな私の描く絵みたいになるねってニヤニヤしながら言うので、死をカクゴしたよ。

　それでもフェスではいろんなバンドを見れて最高でした、とくにぼくがバンドに興味を持つきっかけとなったWeezerが見れたのは一生の思い出。メインステージ以外にインディーズ系のバンドが出れるステージもあって、クリスによるとこの舞台に立つことがメジャーデビューへの近道なんだって。それならいつかぼくらも！ってみんなで盛り上がりました。
　サンフランシスコは自由な雰囲気があっていい街だったな。屋台の巨大なホットドッグや、ハーバーのクラムチャウダーもおいしかった。そういえば、ハルちゃんのマーティー似の先生もこの街の出身だったよね。

　楽しい旅だったけれど、バイト代を使い果たしたのでまたしっかり働かないと。ワーキングクラスは大変です。

Pulp / Common People
平凡な人生の尊さを歌ってくれている大好きな曲。そう、こんなぼくらにだって、輝ける瞬間はあるんだよね！

2000年7月／17歳／高校3年生

　高校生だけでのドライブ旅行なんて日本だと想像できないよ、アメリカってやっぱり自由な感じだね。トーマス先生のことも、よく覚えていたね、ミチオ君あまり反応がないから、私の手紙、読んでもらえていないのかと思ってた（疑ってごめんね）。

　ミチオ君の大冒険ほどじゃないけれど、私の方も驚くことがあったよ。今年の美術コンクールでなんと金賞をもらったんだ、いまだに信じられないけれど。しかもクミちゃんも同時受賞で、うれしさも2倍のはずだったんだけれど……授賞式ではなんか浮かない顔をしていたし、いつものスタバでお祝いの約束をしたのに、来なかったんだ。ケータイにもずっと出てくれないし。私、また何かクミちゃんを怒らせるようなことしたのかな。

　トーマス先生も喜んでくれたんだけれど、受賞は、美大受験のために大きなプラスになりますねとか、ワタシが卒業したアートスクールにもとても良いイラストレーションのプログラムがありますよとか、もう私が美大を目指すことが決まっているような言い方をされて困っちゃった。

　学校の面談では、優柔不断なんだったら、将来の選択肢が広がるような学校や学部を目指した方が良いって言われたの。でも、美大ってその真逆でしょ……ああ、もう時間切れになっちゃうから、そろそろ決めないと。

2000年7月／17歳／11年生（高校3年生）

　金賞おめでとう、ぼくも自分のことのようにうれしいです！　ハルちゃんの手紙はもちろん全部読んでいるよ。ぼくに言わせたら、クミちゃんって、明らかにハルちゃんにジェラスなんだと思います。

　それはそうとして、なんとぼくら、いきなり夢が叶うかもしれないのです！　この間のフェスの話をダグさんにしたら、来年出たいか？って聞かれてびっくり。なんでも主催者の人とは昔からの知り合いで、来年のために新人バンドを1組推薦してほしいって言われているらしく、ぼくらかチワワズかで考えてくれているみたいなのです。

　人気度（ライブでの集客）や、ライブパフォーマンス、オリジナル曲の出来を比べて決めるっていうことなんだけれど、チワワズにだけは絶対に負けたくありません!!　やつらはあいかわらずで、この間もすれ違いざまに「お前なんてスシ食って寝てろ」なんて、使い古された差別フレーズを言ってくる始末。カービィも、お前ら家族は不法移民なんだろとか、今まで散々ひどいことを言われてきたので、こういうアホが本当に許せないみたいで、1000倍くらい言い返してくれたんだ。
　それはいいとして、すごい目標ができたので、みんなでエキサイトしています。ぼくも、みんなの足をひっぱらないようにしないと。なんか、大統領選が近づくにつれて、例の耳鳴りがひどくなってきて不安だけれど、そんなの吹き飛ばすくらいがんばるぞ。

　　　　　James / Tomorrow
　明日はもっと良くなるから信じてって歌う曲。ナイーブなのはわかっているけれど、ぼくもこの曲を信じてる。ハルちゃんの明日も良い日でありますように。

2000年8月／17歳／高校3年生

　おめでとう、ダグさんがミチオ君たちに期待してくれているのが伝わるよ！　私の方はね、今度は受験のことでも思いがけないことがあったんだ、先生に大学推薦を勧められたの。それも、都内のけっこう良い学校。なんで私に？って聞いたら、総合的に考えてっていうことだったけれど、この間の金賞受賞が大きく評価されたみたい。それなら、クミちゃんもですか？って聞いたら違うって……ここだけの話よって教えてくれたのは、私たちはお互い成績も同じくらいで、金賞も同じ。でもひとつだけ違ったのが、私が合唱部の副部長をやっているということだったの。このことが加点された結果、私が選ばれたって。まさか、渋々引き受けた副部長がこんな形で影響してくるなんて、ちょっとフクザツな気分。もともとクミちゃんは美大を目指しているからどっちにしろ断っていたと思うけれど。

　返事は少し待ってもらうことにしたんだ。また自分で選択をしないうちに、大学までも流されるままに決まってしまうことに不安になって。だって、絵を描きはじめたことも、合唱部に入ったことも、副部長になったことも、全部だれかに言われるがままにやってきただけなんだよ。これで大学まで推薦で入ってしまったら、昔ナツノ兄に言われたみたいに何か本当に取り返しのつかないことになりそうで怖いの。
　とりあえず副部長としても評価されたからには、今年こそはＮコンの本戦出場は絶対に叶えないとね。私もがんばるぞ。

流されハッチ

2000年8月／17歳／11年生（高校3年生）

　ハルちゃん、大変なときに悪いんだけれど、一生のお願いを聞いてくれますか？　先日、例のフェス推薦のことで、ダグさんがもうひとつ条件を出してきたのです。ぼくらとチワワズにそれぞれシングルを300枚ずつ作らせて、地元のレコード屋での販売数を競わせたいんだって。

　制作費は太っ腹（いろんな意味で）のダグさんが出してくれるらしいんだけれど、曲のレコーディングはもちろん、アートワークや宣伝も全部ぼくらだけでやらないといけないんだ。ダグさんはメジャーレーベルが大きらいで、Superchunkってバンドがやっているmergeみたいに、宣伝からCDの箱詰め、発送までなんでも自分たちでやるような小さなDIYレーベルを理想としているんだって。バンドがこれからの時代を生き延びるためには、こうあるべきだって考えていて、ぼくらにもやらせたいみたい。

　レコーディングはモンタ君に頼むとして、アートワークをどうするかって考えていたとき、すぐにハルちゃんの顔が思い浮かんだんだ。賞をとった巨匠に描いてもらえたら最高にクールだなって！　みんなもいいねって言っているので、ぼくらのためにぜひお願いできますか？
　将来のことなんてそんなに悩まなくても大丈夫だと思います。Nコンも大丈夫だよ！　だってぼくら、今年大吉なんだよね！

　Spiritualized / Ladies and Gentlemen We Are Floating in Space
　薬の箱みたいなパッケージが最高なんだ。ぼくらのシングルも、これほどじゃなくても、何か特別なことができたらいいなって。

2000年9月／17歳／高校3年生

　すごい、今度はCDデビューなんて！　でも、そんな大切な絵を私が描くなんて無理だよ……賞って言っても、高校生のコンクールだし。プロをめざしているミチオ君たちなら、もっとふさわしい人がいるはず（ヘイリーさんとか……）。それに私、最近は何もかもがうまく行かないから、関わったらミチオ君たちにも悪い何かが伝染するかも。

　と言うのもね、Nコン、また地区予選で敗退しちゃったの……まだ信じられないよ。今年はメンバーにも恵まれたし、すっごく練習もしたし……本当に意味がわからない。私たち3年生にとっては最後のNコンだったから、みんなで泣きはらしちゃった。

　顧問はめずらしくやさしくて、みんながんばったね、これはだれの責任でもないよって言ってくれたんだけれど、部内の雰囲気は最悪。とくに1年生と3年生の責任のなすり合いがひどくて。

　1年生の3人組には、私も陰でいろいろ言われてるみたい。副部長のクセにみんなをまとめられなかったとか、ヘタな絵のために練習を何度も休んでとか……部長のナナちゃんは、私が怖いから、ハルカにばかり当たってるのよって言ってくれたけど、やっぱり私の力不足もあると思う。

　でもね、結果は残念だったけれど、私たちの歌声、本当にきれいだったんだよ。歌いながらずっと幸せを感じてた。私は、合唱をやって本当によかったって思っているけれど、みんなにとっては、結果を出せなければ意味がなかったのかな。

2000年9月／17歳／12年生（高校4年生）

　絵のこと、頼れるのはハルちゃんしかいないので（ヘイリーはだめです）ぼくらを救うと思って！　SOS！　お願いします！

　そして、この９月よりぼくはとうとう12年生になりました、最高学年です。９年生の目には、今のぼくは大人っぽく見えているかな。さらに、新学期早々アンビリーバブルなことも。なんと、ドラゴンが学内選挙を勝ち抜いて、生徒会長になったのです。
　この間、一応すごいねって伝えたら「オフコース、今年はイヤー・オブ・ザ・ドラゴンだ、覚えとけ」だって（たしかに今年は辰年だった）。そのあとも聞いてもいないのに、ドラゴンも最近アメリカ国籍を取った話をしてきたので、やっぱり親に取らされたの？って聞いたら、そんなやつがいるか！自分の人生なのにって言われちゃった。アメリカ人になったのは、いつかこの国の大統領になりたいからって、本気？　しかも、父さんみたいに大統領選のお祭り騒ぎに影響されたのかと思ったら、昔、インデペンデンス・デイの大統領スピーチに感動したからだって。よくわからないけど、いつかエイリアンと戦いたいのかな。

　ドラゴンは昔も今もずっといやなやつだけれど、このパワーだけはちょっとリスペクト。国籍のことでずっとうじうじ悩んでいる自分がちっぽけに感じました。耳鳴りもひどくなる一方だし、ぼくもさっさと心を決めてミッチーになってしまうべきなのかもしれません。

The Police / Message in a Bottle
あーあ、だれかビンに詰めて流したぼくのSOSのメッセージ、受け取ってくれないかな……ハルちゃん？

2000年10月／17歳／高校3年生

　　　　ドラゴン君って、本当にすごいね。ミチオ君と一緒で私も悩んでばかりだから、あこがれちゃうな。でもね、占いの本によると私たち魚座はそういう定めらしいので、星のせいだと思って諦めるしかないのかもね。
　今日は天気が良かったから、久しぶりに茅ヶ崎海岸でぼーっとしてきたんだ。波が行ったり来たりするのを見てたら、少し心が軽くなった。
　そういえばこの海の向こうにはミチオ君がいるんだって思って、小声で呼んでみたんだけれど、聞こえた？

海に流してしまいたいことトップ10

・Nコン予選敗退のこと
・まだ進路を決められないこと
・おじいちゃんの具合が悪いらしいこと
・クミちゃんにずっと無視されてるみたいなこと
・だれかが教室に飾ってあった私の絵を
　丸めてゴミ箱に入れたこと
・電車で過呼吸になって以来、通学が怖いこと
・朝起きるのがつらいこと
・学校に行きたくないこと
・なにもかもがいやなこと……
・たまごっちを死なせてしまったこと

2000年10月／17歳／12年生（高校4年生）

　ハルちゃん、この間のライブのときに大変なことが起きたんだけれど、聞いてくれますか？
　あの日は朝から体調が悪くて、例の耳鳴りもひどくて、ライブ前のサウンドチェックをしてたら、今度はめまいも加わってきて……なんだかぐわんぐわん目がまわる！って思っていたら、なんと、次の瞬間ぼくはステージの上で倒れていたのです。
　ぼくは少し休めば大丈夫だって言ったんだけれど、みんなが心配してくれて、とにかく横になってろって言うので、今回のライブは3人だけでプレイしてもらうことにしました。

　自分がいるはずのバンドを外から聴くのって、なんか不思議な感じだった。それに、ちょっとさみしかった。だって、3人だけでもまったく問題なくライブは進んでいったし、なんならいつもよりも盛り上がっているようにも見えたんだ。考えてみたらキーボードなんて添え物のようなものだし、なくてもバンドは成立するんだよね。たぶん、お客さんもぼくがいなかったことになんて気がついていなかったと思う。

　みんなは、しっかり休んで早くまた一緒にプレイしようって言ってくれたけれど、自分の存在価値を改めて考えちゃった。バンドのためにぼくができることってなんなんだろう。

Ben Folds Five / Army
バンドをやっていたんだけれど、方向性の違いから5月に解散して、6月にはぼく以外の全員で再結成した、って歌詞のある曲です。

2000年11月／17歳／高校3年生

　体調は大丈夫？　心配です。私の方は、おじいちゃんのお葬式があったので、山梨に行ってきました。おじいちゃん、88歳で亡くなっちゃったんだ。親戚のみんなは、よくがんばったよ大往生だったねって言って、そんなに悲しそうじゃないのが、不思議だった。本気で悲しんでいたのって私とおばあちゃんくらいだったんじゃないかな。お母さんは、ハルカの周りでだれかが亡くなったのははじめてだから悲しいんだよねなんて言っていたけれど、何人目とかそういう問題じゃないよ。おじいちゃんがいなくなったから悲しいのに。

　この町に来たときは、いつも、どこからでも、大きな富士山が見えていたのに、今回は雨雲に隠れて姿を見せてくれなかったんだ。きっと富士山は悲しんでくれているんだよね。姿が見えなくても、近くで見守ってくれていることは知ってるよ、存在を感じてる。

　ミチオ君たちの絵、私で良ければやっぱり描きたいな。最近は学校がお休みだから時間はたくさんあるんだ。どんな絵がいいのかな、電話で相談できればいいんだけれど、長距離だとお母さんがいやな顔するから。手紙だとゆっくりすぎるし、久しぶりにまたメールかな？　それともナツノ兄がこの間使っていたＡＯＬインスタントメッセンジャーって知ってる？　メールよりもさらに速いらしいから、私たちに使いこなせるかわからないけれど。

ハッチとおばあちゃんは大の仲良し

2000年11月／17歳／12年生（高校4年生）

　ハルちゃん、本当にありがとう。ハルちゃんが描いてくれるならぼくらは絶対に負けないよ！

 おすすめ曲紹介：今回は特別編、ぼくらの新曲を紹介します
The Detentions / Unicorn Letter Friend

　カービィのお母さんって、カービィがまだ小さい頃に亡くなっているんだけれど、人の特別なところを見つけることが得意なやさしい人だったらしく、「だれもが特別で、だれもがユニコーンなのよ」って言うのが口癖だったんだって。その話をはじめて聞いた時からぼくはこのフレーズが好きで、ずっと心に残っていたので、カービィにお母さんのこの言葉を歌にしたらって言ったら、一瞬びっくりしていたけれど、すぐにこの美しい詞を書いてきてくれたんだ。曲は、クリスとヘイリーのリズム隊の共作で、メロディアスなんだけれど最近流行りのDaft Punkみたいに踊れる要素もあるから、ライブでも盛り上がりそう！

　ぼくは……タイトルをつけました。昔ドラゴンがぼくをからかうために使った「ユニコーンレターフレンド」っていう変な言葉を、なんとなく思い出したんだ。ユニコーンつながりだし、「特別なつながりの友達」って意味にも取れるのがなんかいいなって思って。

　あとは「特別」がテーマの曲なので、アートワークも何か特別な要素があったらうれしいかな。まあ、ハルちゃんが描いてくれるっていうだけでぼくにとってはもう特別なんだけれど。

P.S. ＡＯＬメッセンジャー知ってるよ、試してみよう！

2000年12月／17歳／高校3年生

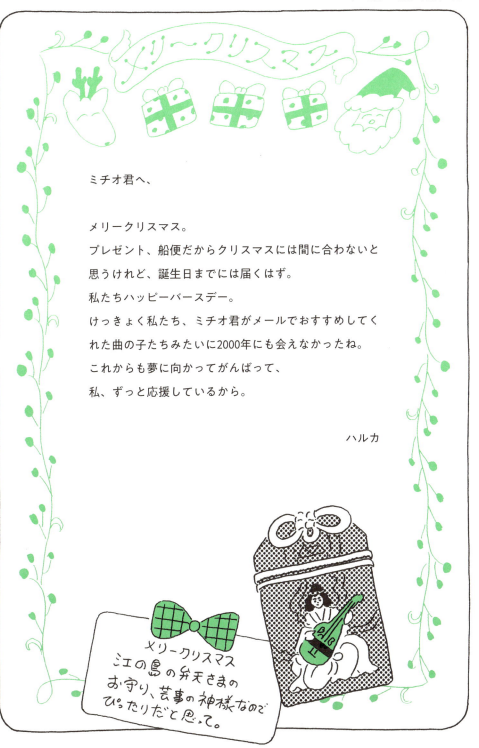

ミチオ君へ、

メリークリスマス。
プレゼント、船便だからクリスマスには間に合わないと思うけれど、誕生日までには届くはず。
私たちハッピーバースデー。
けっきょく私たち、ミチオ君がメールでおすすめしてくれた曲の子たちみたいに2000年にも会えなかったね。
これからも夢に向かってがんばって、
私、ずっと応援しているから。

ハルカ

メリークリスマス
江の島の弁天さまの
お守り、芸事の神様なので
ぴったりだと思って。

2001年1月／17歳／12年生（高校4年生）

　クリスマスプレゼント、無事に届きました。実際に1枚1枚違う手描きのアートワーク300枚を前にして、言葉を失っちゃった。どれだけ根気のいる作業だったんだろう、こんなにも特別なアートワーク、世界中どこを探したって絶対にないよ。本当に本当にありがとう！！　ぼくらのことを知らなくても、間違いなくみんなジャケ買いしてくれると思う。

　早速クリスん家に集まって、完成していたシングルのスリーブにハルちゃんの絵を合わせる作業をしてきました。貴重な手描きの絵を扱うので、みんなで白の手袋をしていたんだけれど、モンタ君が、なんかお前ら宝石商か宝石強盗みたいだなとか言っておもしろかった。ハルちゃんのアートワークは宝石のようなものだから、間違っていないかも。みんなもすごく感動しているよ、ヘイリーが涙を流すところなんてはじめて見ました（マスカラで黒い涙になってた）。
　ダグさんのところに持っていったら、ひと目見るなり、これこそ魂のＤＩＹだって言ってくれたんだ。レコードショップの店長もすごく気に入ってくれて、その場で「地元最高峰の高校生バンドのスペシャルなデビュー・シングル！　手描きジャケ！　早いもの勝ち!!」っていうポップを作ってくれた。隣に置いてあったチワワズのポップは「地元高校生バンドのグルービーなデビュー・シングル！」だったから、ビックリマークの数では、すでにぼくらの勝ちです。
　全部、ハルちゃんのおかげです。The Detentionsはハルちゃんのことを愛しています！

 Nine Inch Nails / We're In This Together
ぼくらが力を合わせれば、もうだれも止められないって、その通りだよね！　最強おさななじみコンビ。

2001年2月／17歳／12年生（高校4年生）

　先週、久しぶりにラリー先生に会ってきたんだ。コミュニティーラジオのＤＪをやっていたのを思い出して、シングルの宣伝をお願いできないかなと思って。

　会うのは3年ぶりだったんだけれど、ラリー先生が全然変わっていなくてびっくりした。逆にぼくはいろいろ変わったみたいで、ふつうに英語が話せるようになっていることや、ラリー先生のキーボードがきっかけでバンドをやっていることなどを知って喜んでくれた。すごい力でハグされて息が止まるかと思ったよ。

　シングルを見るなり「曲もアートワークも最高、ミチオはいい仲間を見つけたね」って言ってくれたのがうれしかったな。ラリー先生のおかげだよ。その後一緒にラジオ局に行って、さっそくプレイしてくれたんだ。しかも、ラジオ局の人たちに配るからって、レコードショップに電話してシングルを20枚も取り置きしてくれたんだ！　お礼を言ったら、「いいよいいよ、ミチオが大人になったときがんばっている子を同じように応援してあげるんだよ」って。

　帰りにバイトに行ったら、ボスがニヤニヤしながら、お店でシングルをかけてくれたんだ。買ってくれてたんだ！　寿司屋には合わねえなあって言いながらもアートワークをほめてくれてたよ。ミッチーの彼女が描いたんだろ？　今度サインもらっておいてくれよって言われたので、ただのおさななじみですって、いつもの訂正を入れておきました。

Travis / Happy
君がハッピーだから、ぼくもハッピーってサビを聴く度に、ぼくがいかにやさしい人たちに囲まれ、どれだけ恵まれているのかを思うんだ。こんなことをぼくが思うようになるなんて！

2001年3月／18歳／12年生（高校4年生）

　ハルちゃん、ハッピーバースデー。

　まだ受験とかで忙しいのかな。元気？

　ぼくの方は誕生日に信じられないことが起きました。なんと、国籍問題で、父さんがぼくにあやまってきたのです。こんなこと生まれてはじめてだよ。どうも、ブッシュのダメさ加減がどんどん報道されるにつれ、父さんは我に返ったみたい。調子に乗って家族でひとりだけアメリカ人になったことを後悔しているんだと思う。ほんとバカみたい。いろいろあったから、すぐには許せないけれど、あやまってくれたのはうれしかった。ぼくが18になって、大人として認めてくれたっていうことなのかな。耳鳴りもいつの間にか消えたし、良い誕生日でした。

　バトルは、途中経過を聞いたらゴカクだなって言われて焦っているんだ。ダグさんからは、どれだけ良いものを作っても、だれにも知られなければ存在しないのと一緒だって言われたので、すぐにハルちゃんの絵を使ったポスターをキンコーズで作って、みんなでひたすら知り合いのお店とかバイト先に頼んで貼ってもらいました。

　あとは、学校でも宣伝したかったので、ドラゴンに相談に行ったんだ。あいつに何か頼むのは不本意だったけれど、生徒会長なので話が早いと思って。でも、ポスターをイヤイヤ受け取ってくれた割には、学校で一番人が集まるカフェテリアに貼ってくれたし、ランチ休みには学内放送で曲もかけてくれた。あいつ、どうしちゃったんだろう。

Belle and Sebastian / We Rule the School
美しいことをやるんだよ、やれるうちに、だって。ぼくら18歳になったけれど、まだまだ時間はあるよね、お互いどんどん美しいことやっていこうね。

2001年4月／18歳／12年生（高校4年生）

　速報、速報！　チワワズに勝ちました！　しかも、バトルの舞台だったレコードショップではWeezerの新譜を上回る売上だったって。クレイジーすぎます。ポスター作戦も役に立ったのかも！
　あとはラストスパートで同級生がたくさん買ってくれたらしいのだけれど、今度もドラゴンのおかげなのです。実はぼくら、プロムの前座としてプレイさせてもらったんだ、生徒会の推薦で。たぶんそこでぼくらのことを知ってくれた子もたくさんいたんだと思う。
　認めるのは恥ずかしいけれど、プロムはなんか最高だった。みんなぼくらを温かく迎え入れてくれたし、新曲も盛り上がったんだ！　今までキラキラしたやつら全員敵だと思っていたけれど、間違っていたのかもしれません。耳鳴りも治って、またみんなとプレイできて、平凡な言い方だけれど、この瞬間が永遠に続けばいいのにって思った。プロムになんて絶対に行かないなんて昔宣言したのに、ごめん……
　そんな幸せに包まれた帰りのリムジンで、ぼくは将来のことを決めたんだ。みんなとデビューできるのなら、これからもずっとアメリカに残るって。親に言われてとかではなく、自分の決断として。みんなも喜んでくれた。カービィなんて、乾杯だ、ミチオのために最高の酒を用意するから！だって。危なっかしいからそれはやめてほしい……
　チワワズとのバトルは、シングル売上ではぼくらが勝ったけれど、ライブの動員数ではやつらが上回ったので、直接対決をすることになりました。フェス関係者やレコード会社の人たちの前でライブをして決めてもらうんだって。望むところ、今のぼくらだったら絶対に勝てるはず！

 Fountains of Wayne / Prom Theme
プロムについての歌。彼らの曲の中で唯一きらいだったけれど、ちょっと好きになったかも。ちょっとだけね。

2001年5月／18歳／12年生（高校4年生）

　最終決戦当日の楽屋からお届けします。さっき終わったサウンドチェックも最高で、今すぐにでもステージに出たい気分。本番まであと1時間ほど、みんなそれぞれの時間を過ごしています。クリスはベースの練習、ヘイリーはまた何か怖い絵を一生懸命描いてる。カービィは忘れ物をしたって言って、あわてて取りに帰りました。

　それにしても、すごい人！　これがみんなぼくたちを見に来てくれたお客さんだなんて信じられないよ。昔からのファンや、同級生、お世話になった人もたくさんいる。ラリーさんも、バイトのボスも、ダグさんも。あっ、ドラゴンがチアリーダーの子と来てる！　どういうこと？

　最近ずっと返事をもらえていないけれど、ハルちゃんどうしているのかな。今度はぼくよりも先に大学生になったんだよね？　新しい生活が楽しくてぼくのことなんてもう忘れちゃったのかな。

　昨日、ハルちゃんからの手紙を読み返していて、ぼくのことをどれだけいつも心配してくれていたかに改めて気づいたんだ。それなのに、ぼくはいつも自分のことばかりだったよね。もう遅いかもしれないけれど、できることなら謝りたいです。ハルちゃんから手紙をもらえないのはさみしいんだ。来月の卒業式が終わったら、日本に行こうと思ってる。そのためにバイト代も貯（た）めたんだ。たしかに2000年は終わっちゃったけれど、まだ間に合うかな？

　もうすぐ本番だ。カービィがまだ戻ってきていないけれど、大丈夫かな。とりあえずこの手紙を出しついでに外を見てきます。じゃあ、またね。未来をつかんできます！

The Smashing Pumpkins / Tonight, Tonight
今夜、あと少しだ。このステージが終わったときには、この曲くらいキラキラした世界が待っているはず。ぼくらを信じてくれているみんなのため、がんばってくるね。

ミチオです。茅ヶ崎に帰ってきました。ずっと待っていたんだけれど、留守みたいだから今日はいったん帰ります。日本には来週の日曜日までいます、辻堂のおばあちゃん家に泊まっているので連絡ください。電話番号は xxxx-xx-xxxx です。

ハルちゃん、もしかしてみんなで夏休みの旅行でも行ってるのかな……どうしよう。昨日は近所を散歩しました。昔よく行っていたプラモ屋さんも古本屋さんもなくなっていてウラシマ気分です。藤沢のユウリンドウはまだ残っていて、よかった。昔、ドラゴンボール1巻を買った思い出の本屋さんなんだ。

今日は、茅ヶ崎海岸に来ています。ハルちゃんが「波を見てると心が軽くなったよ」って言っていたから。でも、夏は人が多すぎて、波もぼくの悩みを聞く余裕はなさそう。ハルちゃんが一緒にいてくれたら話ができたのにな。今日も留守だったね、明日にはもう帰ります。

空港のパソコンから送っています。実は、ハルちゃんに会いに日本に帰っていたんだけれど、今、どこにいますか？　日本に行く前にメールをしておけばよかったな、サプライズなんてアメリカ人みたいなこと考えるんじゃなかった。これを読んだら返事をください。いったんアメリカに戻るけれど、たぶん、またすぐに会えると思うから。

2000年12月22日　22:08送信
ハルカ、連絡ありがとう。うれしかった。うん、こんな私でよければまた仲良くしてください。ケータイであやまっても本気に見えないかもしれないけれど、本当に本当にごめんね。お父さんにも叱られました、嫉妬心もアートで表現するのがアーティストだよって。来週アトリエに来るんでしょ？久しぶりにハルカに会えるのを楽しみにしてる。ハッチのことも心配だね。任せて、私も一緒にさがすから！

2001年1月11日　22:08送信
この間は久しぶりに会えてうれしかった。ブログのお礼なんていいよ。ハッチ、早く見つかるといいね。それより、ハルカの絵を捨てた犯人、見つかったんだって？自分も悪かったかもしれないからなんて、さすがにハルカ、甘すぎるよ。これは立派な器物損壊事件だし、3人共罰を受けるべき！って思うけれど、私もえらそうなことは言えないよね。この間借りたナウシカ、私も全巻セット買ったから今度返すね。好きなシーンが多いから、最近、毎日模写してる。

2001年3月2日　21:48送信
ハルカ、おめでとう！トーマス先生に聞いたよ!!とうとう決まったんだってね、ハルカは本当にすごい。推薦を辞退したって聞いたときはびっくりしたけれど、私とはやっぱりスケールが違うよ。明日、お誕生日だね。プレゼントを渡したいんだけれど、いつものスタバで会える？ダブルでお祝いさせて。あと、後学のためにハルカのポートフォリオを見てみたいんだけれど、持ってきてもらえる？

2001年6月11日　7:28送信
まだそんなこと言ってるの？もう準備だって済んでいるんでしょ、せっかくのチャンスなんだから！トーマス先生も心配してたよ、ハッチのことは私が責任持ってさがし続けるから。私がなんとかするから、たまには自分のことだけを考えて。ほんとに。

新生活にはもう慣れたかい？　それにしてもずいぶん思い切ったもんだな、我が妹ながらうらやましいよ。学費のことは心配するなって、出世払いでいいよ。成功者の兄を頼りたまえ。その代わり、こっちでやっていないようなマイナーな映画のメールレポートを忘れるべからず。そうそう、この間のボーナスでパソコンを新調したから、もうエラーは出ないはず。

母さんは、あっちの生活にもう慣れたみたいだよ。元々、順応性が高い人だからね、毎日温泉に入れて天国みたいだってさ。近所の人に頼まれて、あっちでも今度ピアノ教室をはじめるんだって。おばあちゃんも、家がにぎやかになった、って喜んでる。今度、オレも遊びに行く予定、肌つるつるになってきます。

そうそう、肝心なことを忘れそうになった。茅ヶ崎のマンションの管理人から連絡があって、新しい住人の留守中に、ハルカ宛の置き手紙が郵便受けに入っていたそうだよ。お前、ミチオ君に引っ越したこと言っていなかったのか？

2001年11月11日　11:11送信

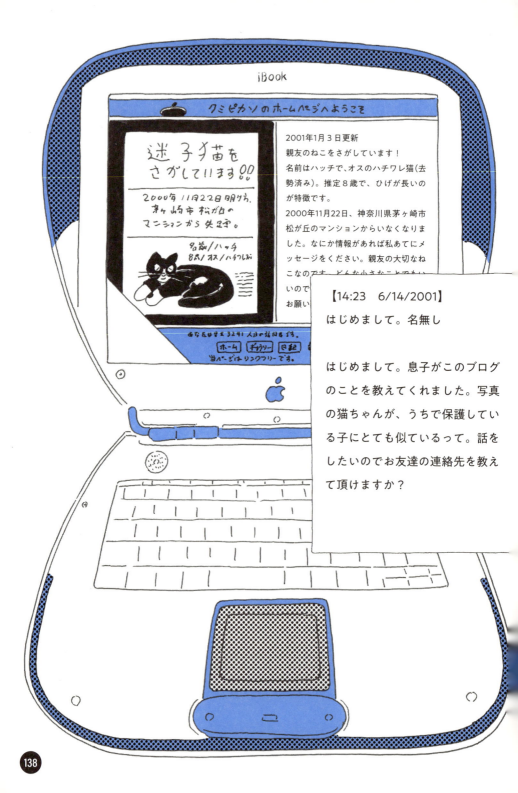

PART 3

2001年12月／18歳

　ミチオ君、お元気ですか？

　ミチオ君の置き手紙をナツノ兄が転送してくれました。せっかく会いに来てくれたのにすれ違いになっちゃうなんて……ごめんね。私も会いたかったな。
　私たちはもうあのマンションには住んでいないんだ。急だったからミチオ君にはメールを送ったんだけれど、届いていなかったんだね。ナツノ兄が、パソコンの調子が悪いってずっと言っていたけれど、まさかこんなことになるなんて。やっぱり、ちゃんと手紙で伝えればよかったね。
　最後に手紙を送ってからのこの１年間、いろいろあったんだ。まず、おじいちゃんが亡くなって以来、おばあちゃんが体調を崩しがちになって、私の高校卒業を待ってお母さんが一緒に暮らすことになったの。ナツノ兄が都内のマンションに引っ越したことは前に書いたと思うんだけれど、私はしばらくそこに居候していました、正確に言うと７月まで。なぜそんな短い間だったかと言うと……
　実は私、サンフランシスコのアートスクールに留学したのです。こっちでイラストレーションの勉強をしているんだ、そう、トーマス先生の母校。びっくりしたよね？　来て早々、あのＮＹの恐ろしいテロがあったから、お母さんが心配して大変でした。今は学校の寮にルームメイトと住んでいます。ケリーっていうフランスから写真の勉強をしに来た子で、お互い英語が母国語じゃないから、かえって気楽に話せてすぐに仲良くなれたんだ。

　１年前、ミチオ君との文通を急にやめてしまって本当にごめんなさい。言い訳になっちゃうけれど、あの頃の私はふつうじゃなかったんだと思

う。いろいろ大変なことがあって、学校も休んでしまって。ミチオ君が共同制作に誘ってくれたのはそんなときだったの、あれは夢のような時間だったな。あのときがはじめてだったんだ、だれかに頼まれた絵を描いて、それを心から喜んでもらえたってことが。たぶんあのとき私はやっと、トーマス先生の言っていたイラストレーションっていうお仕事の魅力を理解して、将来何をやりたいのかがわかったの。

　日本の美大ではなく留学を決断したのは、今までの自分を一度リセットしたいって思ったから、あのとき私の身に降りかかったたくさんのことは、私が変わらなければまた何度でも起こりうるから。ミチオ君のように、だれも知り合いのいないまっさらな場所でリスタートすれば私もちょっとは変われるかなって考えて。だって、ミチオ君、すごく変わったから。まさかミチオ君が本当にプロムに行くなんて！　手紙に書いてくれたアメリカでの生活も眩しくて、憧れもつのっていたんだ。

　でもね、さあ留学の準備をはじめようと思った矢先に大事件、ハッチが家出しちゃったの。ちょうど、ミチオ君の絵を全部描き終わった日、絵の表面を守るフィクサティフをスプレーするために窓を開けていたら、知らない間にハッチがいなくなっていて青ざめたんだ。フィクサティフの匂いってきついから、いやで逃げ出しちゃったんだと思う。
　ミチオ君に話したら、関係ないのに責任を感じたり、耳の調子がもっと悪くなるのかもなんて思ったら、どうしても手紙を書けなくなって。ミチオ君から手紙が届くたびに申し訳ない気持ちになってた。
　でも心配しないでね、ハッチは無事見つかったの！
　クミちゃんがインターネットを駆使して見つけてくれたんだ、すごい

よね！ ダイクマの近くに住んでいるやさしいおばあさまが保護してくれていたんだけれど、首輪をつけていなかったから野良猫かと思ったんだって。ハッチはずいぶんかわいがってもらっていたみたいで、迎えに行ったときは私たちに対して少しよそよそしかったくらい。今は、お母さんとおばあちゃんに甘やかされながら、山梨での暮らしをのんびり楽しんでいるって。

　留学のことは、トーマス先生が親身にサポートしてくれました。願書や、高校での成績表などの提出、ビザの申請、電話での面接、寮の申し込みって、気が遠くなるほど大変だったから、私ひとりだったら絶対に途中で諦めていたと思う。英会話教室にも通ってなんとか日常会話くらいはできるようになりました。ミチオ君のテープをずっと聴いているのも役に立っているはず。

　あとね、ミチオ君にも感謝していることがあるの、ポートフォリオ審査のこと。実は今回、トーマス先生のアドバイスで、ミチオ君との作品を再構築して提出させてもらったんだ。事後報告で本当にごめんね。結果、私たちの作品は、コンセプトも実際のアートワークもマーベラスって、すごく高い評価をもらえたの！　あまりにもすんなり合格が決まったのでトーマス先生が驚いていたくらい。ミチオ君と一緒に作りあげた作品のおかげで、私は今、ここにいるんだよ。心からありがとう。学校はチャレンジングだけれど毎日充実しているよ。コンピューターで絵を描くクラスもあるの、最先端でしょ！って言いたいところだけれど、試しで描いたハッチはあまりクールな感じはしないかな……早くクミちゃんのように使いこなせるようにならないと。

　そうそう、クミちゃんも、第一志望の美大に受かったんだよ。油絵専

　攻だけれど、パソコンが得意だからグラフィックデザインも向いているんじゃないって先生に勧められて気になっているみたい。いつか私が本当にイラストレーターになって、もしクミちゃんがグラフィックデザイナーになったら、一緒に仕事ができるって話してるんだ。そのときはミチオ君たちのアートワーク、私たちに任せてね！

　長々とごめんね。ミチオ君はどうしていますか？　バンドと大学で忙しいかな？　そうだ！　同じクラスの子がミチオ君たちのことを知っていたんだよ！　おもしろいことをやっているティーンのバンドがニューポートビーチにいるって、一時インターネットで話題になっていたんだって。ポートフォリオ紹介のときに、あのバンドの絵だって気づいてくれたんだ。ミチオ君たち、もう有名人だね！　そうそう、フェスはどうだった？　ミチオ君もかわいい子たちにキャアキャア言われていたのかな。来年は私も一番前で応援しに行くからね。

　さっき調べてみたら、サンフランシスコの空港からミチオ君家の近くの空港まで飛行機なら1時間半で行けるみたい。もしよければ、来年の夏休みにでも会いに行ってもいいですか？（こっちの夏休みは長いんだもんね！）そのときは、サングラス姿のミチオ君がさっそうと迎えに来てくれるのを楽しみにしているよ。

ハルカ

2002年3月／19歳

　ハルちゃんへ、

　手紙をありがとう、とてもうれしかったです。まさかハルちゃんがアメリカに留学だなんて、まったく想像もしていなかったよ、きらわれていたわけじゃないって知れて、本当に本当に安心した。

　ハッチのことも大変だったね。話してくれていればって思ったけれど、ぼくに話したところで仕方がないって思わせていたんだと思う。過去の自分よがりの手紙を思い出す度に、今でも顔から火が出そうです。

　夏休み、残念ながら空港までハルちゃんを迎えに行くことは、できないんだ。なぜならぼくは……日本に戻ってきたからです、完全に。ハルちゃんからの手紙も実家から転送してもらいました。

　ぼくが日本に帰ることを決めた理由はいろいろあるんだけれど、一番のきっかけはバンドの解散でした。そう、The Detentionsは終わってしまったんだ。それにしても、サンフランシスコでも知ってくれてた子がいるなんて、ぼくら本当に惜しかったんだなあ。

　解散を決めたのは、チワワズとの最終決戦があった日、ハルちゃんに最後の手紙を書いた日の晩でした。あの日、開演の時間が過ぎてもカービィが戻って来ず、みんなでイライラしながら1時間ほど待った後ダグさんがライブのキャンセルを発表しました。けっきょく、去年のフェスはチワワズが出場したんだ。

　ぼくらは、カービィが何かの事件に巻き込まれたんじゃないかってずっと心配だった、物騒なことも多い街だからね。しかも、夜になってやっと連絡があったんだけれど、警察署の電話からだったんだ……カービィの話をざっくりまとめると、あのとき、幸運のギターピックを忘れて、

　家に取りに帰り、ついでに、キッチンで見つけたお父さんの飲みかけのテキーラを乾杯用にって持ち出し、急いで戻ろうとしたら、スピード違反で止められたんだって。さらに未成年者の車に開封済のアルコールボトルを発見ってことで補導。
　あまりにもバカすぎる話なので、みんなでつい笑っちゃったよ。何が幸運のギターピックだよね。バツとしてその後数十時間のコミュニティーワーク（高速道路沿いのゴミ拾いとか）が言いわたされたって。
　あの日、遠くから来てくれていたフェス関係者やレコード会社の人たちは激怒して、ネバーエバーぼくらとは関わらないと宣告されました。そうしたら今度は、カービィが責任を取ってバンドを辞めるって言い出して聞かなくて、クリスは悲しそうな顔でフロントマンが辞めるなら解散だねって言って、ヘイリーはだまったままゲームを続けてた。ぼくも何か言わないとって思ったけれど、とっさのときっていまだに英語がうまく出てこなくて……自分の短いベロを呪っている間に解散が決まっていました。
　でも、だれもカービィを責めなかったんだ。あいつがだれよりもバンドのことを大切に思い、がんばってきたことをみんな知っているからね。あのシングルの歌詞も本当に良かったし、たぶん、本人が一番悔しかったと思う。あと、言わないけれどテキーラを持ち出したのもぼくをお祝いしてくれるためだったと思うし、やっぱり良いやつなんだ。

　ぼくがハルちゃんに会いに帰ったのは、そんなことがあった少し後で、茅ヶ崎駅で降りて昔と変わらない潮の香りをかいだらなんか、なつかしい思い出が一気によみがえってきたんだ。おかえりって言われた気がした。その瞬間、またこっちで暮らしてみるのも悪くないように思ったん

だ。最近ハルちゃんからの手紙をよく読み返していたから、日本のことが恋しくなっていたのもあるかな。それとね……こっちにいれば、またハルちゃんとばったり会えるかもって思ってた。

　今は、おばあちゃんちに居候していて、こっちの大学にも無事入れたので来月から通うんだ（帰国子女枠ってやつだけれど）。ハルちゃんからの最初の手紙で、ナツノ兄がぼくは恵まれているって言っていたって書いてあって、ぼくはずーっと反発していたんだけれど、けっきょく間違いではなかったのかもね。でも、そのことをネガティブに感じるのではなく、認めて感謝して、いつか何か恩返しできるような人になれたらいいな。大人っぽい考え方じゃない？

　それとね、茅ヶ崎のライブハウスでバイトもはじめたんだ。日本にも同い年くらいのすごいバンドがたくさんいて、友達もできました。育った国が違っても、好きなバンドが一緒だってわかった瞬間なかよくなれるのって、最高だよね！　そんなみんなと話していて、将来の夢もできました。ダグさんのようにいつか、地元のバンドのための小さなレーベルを立ち上げたいのです。英語もせっかく使えるし、アメリカとのコネクションもあるから、日本のすごいバンドを世界に紹介したい。今までの経験をだれかのために役立てることができれば、アメリカでの生活も無駄ではなかったって思えるはず。ぼくの、逆アメリカンドリームかな。

　あとね、この間クリスからうれしい連絡をもらったんだ、カービィ、ヘイリーと３人で新たなバンドをはじめたって！　カービィがコミュニティーワークをまじめに務め終えてしっかり反省もしているのを見て、ダグさんが許してくれたみたい。でもはじめは、ミチオも一緒じゃない

とって断ってくれていたみたいなんだけれど、ぼくはむしろ3人だけのときのライブがどれだけすごかったかを知っているから、絶対やるべきって説得したんだ。

　じゃあ日本ツアーのときはまた4人でなって言ってくれたのはうれしかったな。ちゃんとキーボードの練習続けておかないと。ダグさんがさっそく暗躍して、今年のフェスへの出場が決まったみたい。よかったらハルちゃん、会いに行ってあげてください、みんなすごく喜ぶと思う。

　ドラゴンからもこの間、一方的に自慢が羅列されたメールが送られてきました。スタンフォードは最高だとか、1年生の内に起業をしたとか、新しいガールフレンドはミス・アメリカ候補だとか、あいかわらずでした。

　長い手紙になってしまってすみません。それにしてもまた海を挟んでやりとりをしているなんて、ぼくらは手紙を通してでしかつながれない運命なのかもしれないね。ハルちゃんさえよかったら、これからもぼくとの文通を続けてくれますか？　ハルちゃんのこと、もっと、もっと知っていきたいです。

　アメリカはどうですか？　ごはんはおいしいですか？　サンフランシスコの春は過ごしやすいですか？　日本の春は桜がきれいです。

　あとぼくたち、お誕生日おめでとう。

ミチオ

本書は書下ろしです。

北澤平祐（きたざわ・へいすけ）

イラストレーター。東京都在住。アメリカに 16 年間暮らし、帰国後、イラストレーターとしての活動を開始。書籍装画、広告、商品パッケージなど国内外の幅広い分野でイラストを手がける。著書に『ぼくとねこのすれちがい日記』『ルッコラのちいさなさがしものやさん』『ひげが ながすぎる ねこ』などがある。

ユニコーンレターストーリー
2024 年 11 月 30 日　第 1 刷発行

著者	北澤平祐（きたざわへいすけ）
発行人	茂木行雄
発行所	株式会社ホーム社
	〒 101-0051
	東京都千代田区神田神保町 3-29 共同ビル
	電話　編集部　03-5211-2966
発売元	株式会社集英社
	〒 101-8050　東京都千代田区一ツ橋 2-5-10
	電話　販売部　03-3230-6393（書店専用）
	読者係　03-3230-6080
印刷所	ＴＯＰＰＡＮ株式会社
製本所	加藤製本株式会社
装幀	名久井直子
本文製版	株式会社昭和ブライト
校正	株式会社鷗来堂
編集	髙梨佳苗

Unicorn Letter Story
©Heisuke KITAZAWA 2024, Published by HOMESHA Inc. Printed in Japan
ISBN978-4-8342-5392-4　C0093

定価はカバーに表示してあります。
造本には十分注意しておりますが、印刷・製本など製造上の不備がありましたら、お手数ですが集英社「読者係」までご連絡ください。古書店、フリマアプリ、オークションサイト等で入手されたものは対応いたしかねますのでご了承ください。なお、本書の一部あるいは全部を無断で複写・複製することは、法律で認められた場合を除き、著作権の侵害となります。また、業者など、読者本人以外による本書のデジタル化は、いかなる場合でも一切認められませんのでご注意ください。